山野芳情

刘书金 著

远方出版社

图书在版编目（CIP）数据

山野芳情 / 刘书金著 . -- 呼和浩特 : 远方出版社，2021.12
　ISBN 978-7-5555-1650-7

　Ⅰ . ①山… Ⅱ . ①刘… Ⅲ . ①诗词—作品集—中国—当代②散文集—中国—当代 Ⅳ . ① I217.2

　中国版本图书馆 CIP 数据核字 (2021) 第 224032 号

山野芳情
SHANYE FANGQING

著　　者	刘书金
责任编辑	王　叶
责任校对	王　叶
封面设计	王欣然
封面题字	荆为平
出版发行	远方出版社
社　　址	呼和浩特市乌兰察布东路 666 号　邮编 010010
电　　话	（0471）2236473 总编室　2236460 发行部
经　　销	新华书店
印　　刷	赤峰优佳印刷有限责任公司
开　　本	170mm×240mm　1/16
字　　数	150 千
印　　张	14
插　　页	16
版　　次	2021 年 12 月第 1 版
印　　次	2021 年 12 月第 1 次印刷
标准书号	ISBN 978-7-5555-1650-7
定　　价	60.00 元

如发现印装质量问题，请与出版社联系调换

青山秀水·刘书金诗欣然画

奇松怪柏长山巅,雾锁深山雨似烟。
鸿雁南飞未不过,高山落瀑起云端。

青山依旧·刘书金诗欣然画

春来树绿染山间,冰雪消融水潺潺。
雾霭茫茫生涧底,牧童日落把牛圈。

峰未了是依未了峰,你依山青

小村暮色·刘书金诗欣然画

瀑水跌崖荡雨烟,苍茫暮色隐高山。
小村寂静关门早,待到天明去种田。

峰峦叠翠·刘书金诗书云画

奇松峰顶翠,山水溢清香。
飞瀑高天落,群鸥雾里翔。

刘书金诗《赤峰春》——张之溁书

逆境终须过，何须怨上天。山穷水尽处，柳暗花明年。莫道人生苦，苦中有乐甜。勤学多动脑，不信面壁难。

刘书金诗《感怀》——荆为平书

惨惨柴门风雪夜,

此时有子不如无。

山鸟山花皆友于,

一为迁客去长沙。

贾生才调更无伦,

寂寂江山摇落处。

——刘书金诗《题姚家店铅锌矿》 刘晓林书

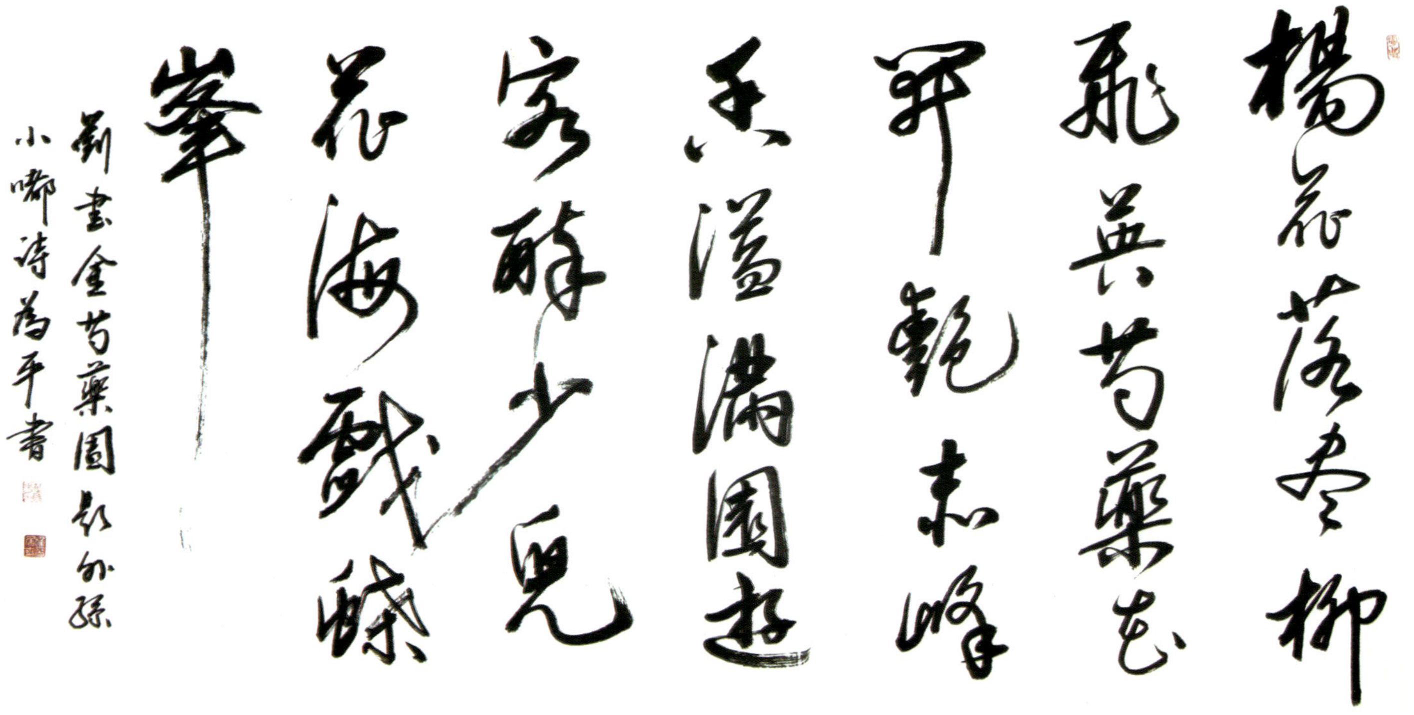

小古
小雷
尔雨
斜留
欹连
如芍
有药
意圃
刘金诗

蜜蜂蝴蝶不知处

苍苔满园无限情

争得朱门通内意

不教风雨损年芳

刘书金诗《芍药圃题外孙小嘟》——荆为平书

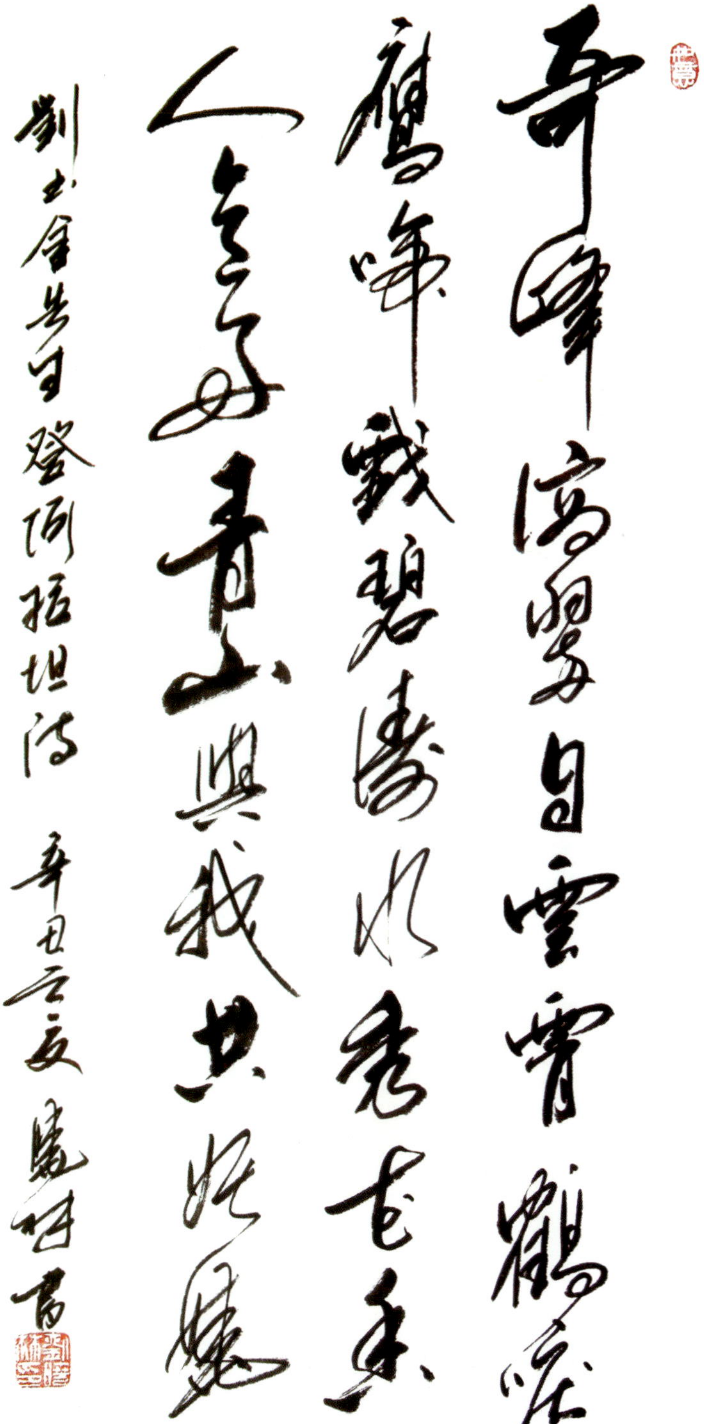

奇峰凌霄日云霄鹤啸，戏碧涛以意长矣，人生如青山与我共此乐。

刘书金先生自登阿拉坦河　辛丑立夏晓林书

刘书金诗《登阿拉坦山》——刘晓林书

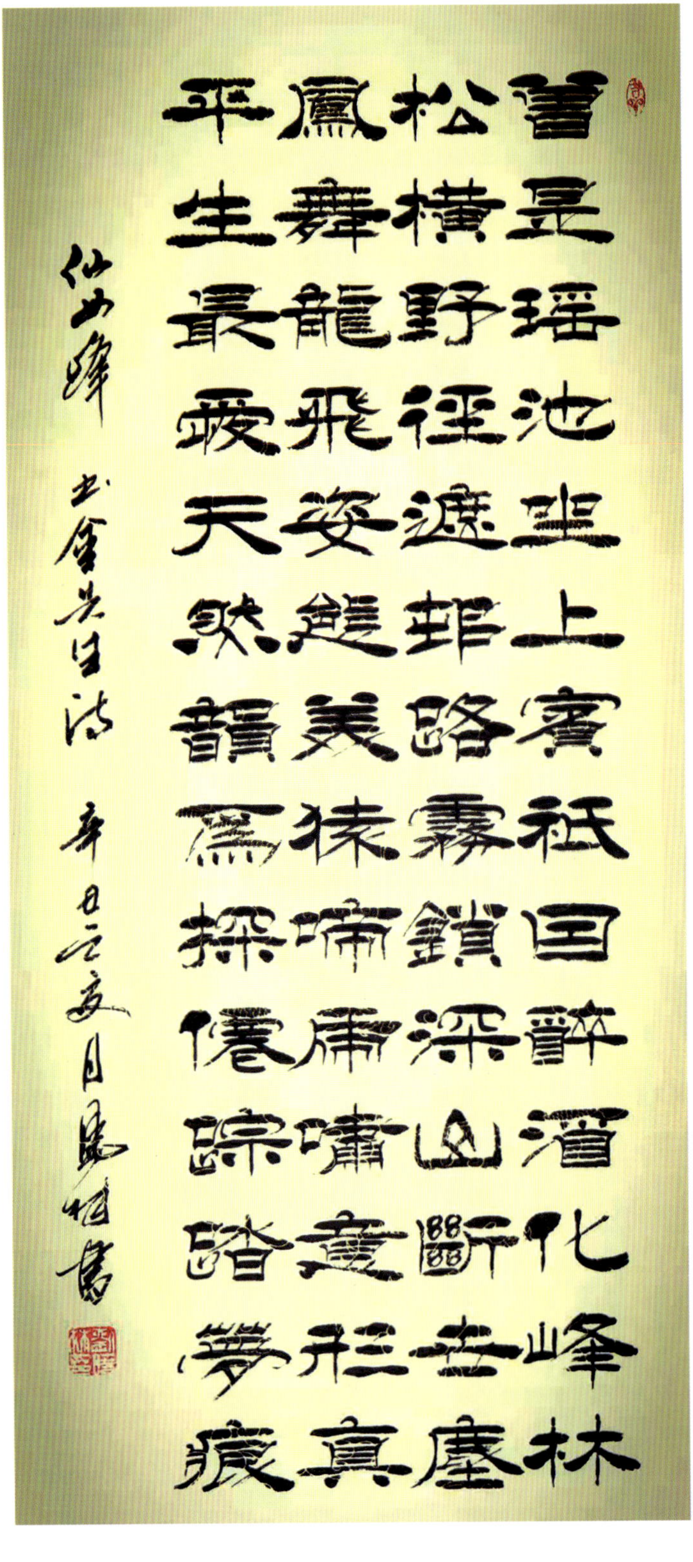

瑶池坐上宾,祗因醉酒化峰林。松横野径遮邛路,雾锁深山断樵踪。凤舞龙飞姿趋美,猿啼庸嘯意蹉跎。平生最疲天然韵,为探倦踪路梦真痕。

仙女峰 出金光日诗 辛卯立冬日晓林书

刘书金诗《仙女峰》——刘晓林书

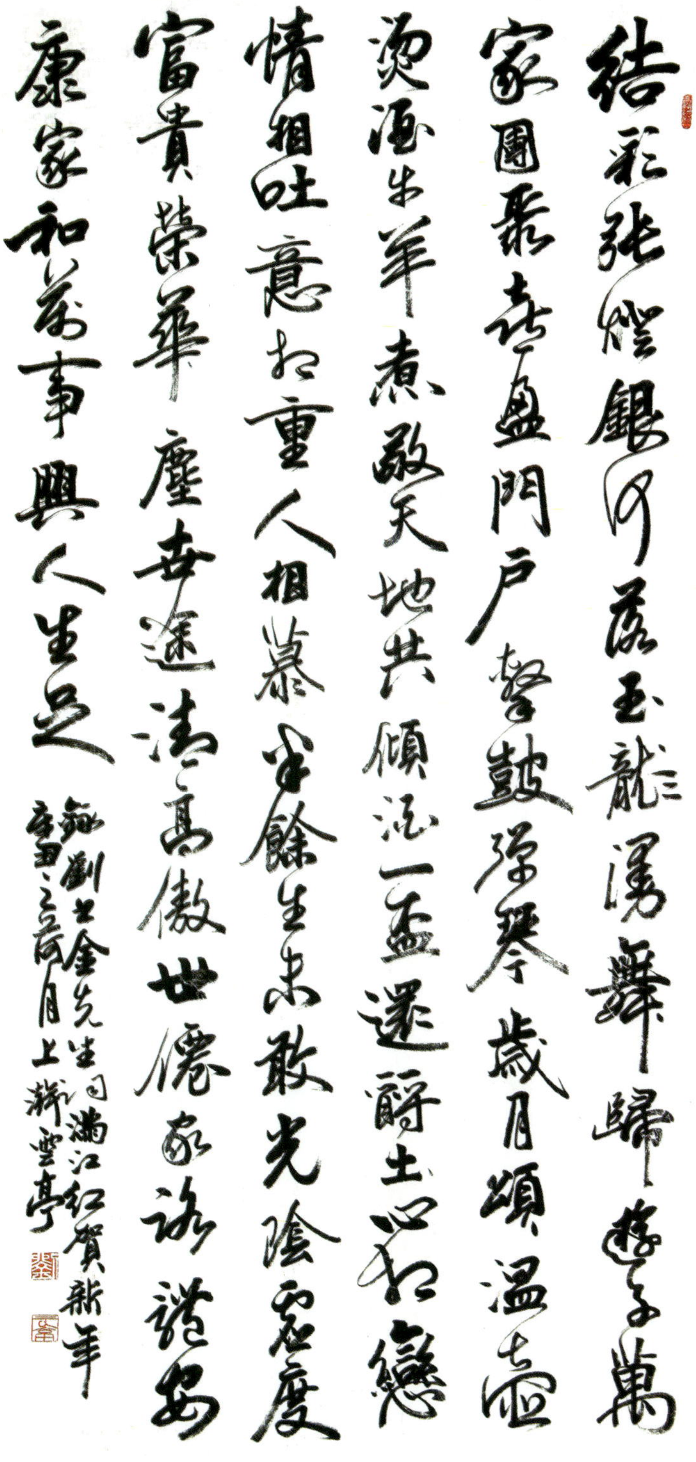

刘书金词《满江红·贺新年》——刘云亭书

结彩张灯银河落玉就汤舞归游于万家园荼壶门户擎鼓强琴岁月颂温壶烫酒举杯煮敬天地共倾泛一盏遥爵甘心恋情相吐意扫重人相慕年余生东敢光阴容度富贵荣华尘去逢法万傲世儤家诗谐乐康家和万事兴人生足

 敬刘书金先生词满江红贺新年
 辛丑立春月上瀚云亭书

白桦亭亭玉立，枝头片片金黄。寒天日落雁成行，霞映无边苇荡。霜叶随风飞舞，鸳鸯戏水河塘。湖边漫步自徜徉，听卸秋波荡漾。

刘书金词《西江月·秋游赛罕坝七星湖》——刘云亭书

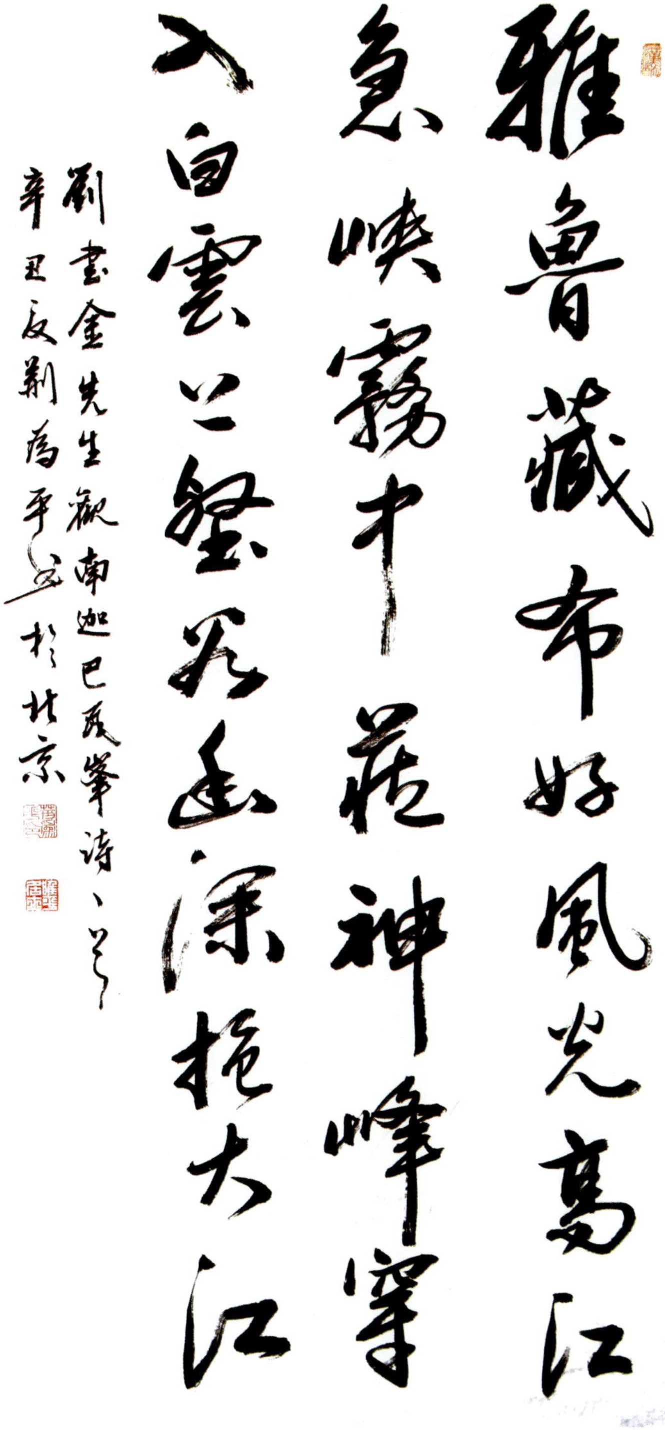

雅鲁藏布好风光,䨓江急峡雾千花神峰峥入白云,巫峡烟波远不深拖大江

刘书金先生观南迦巴瓦峰诗一笔
辛丑夏荆为平书于北京

刘书金诗《观南迦巴瓦峰》——荆为平书

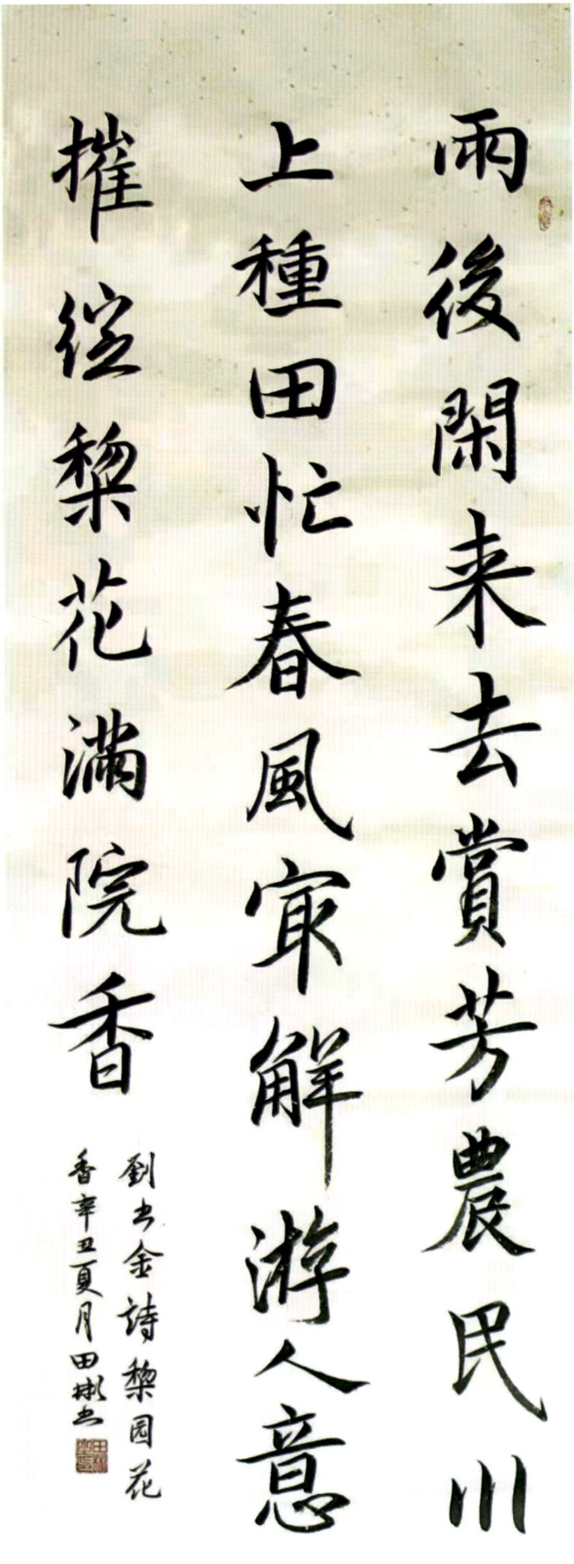

雨後閒來去賞芳農民川上種田忙春風宛解遊人意，摧綻梨花滿院香

劉書金詩 梨園花香 辛丑夏月田彬書

刘书金诗《葫芦峪杏花谷》——田彬书

刘书金诗《登罕山高格斯台远眺》——荆为平书

塞外金光聚未峰,丹霞碧水玉龙骧。春风浩荡如人意,领却骊人奔北疆。

壬辰春日于振生之乡 书

刘书金诗《赤峰春》——于振生书

序

心中有诗意　脚下有远方

2021年3月21日上午,我正在平房逗弄我饲养的生灵们,突然电话铃声响起,拿起手机一看,是我的老同学刘书金先生打来的。这让我又惊又喜,惊的是,自红山中学毕业后,我们便各奔东西,只在酒场上见过几次,平日里很少联系,今天突然来电,怎能不惊?喜的是,读高中时我最要好的老同学乡音未改,还惦记着我,一股热浪直涌心头,咋能不喜?

正所谓:"有人牵挂,是喜悦;被人牵挂,是幸福。"

我从电话里得知,老同学已经退休,并把自己的诗稿作品进行了整理,准备出版。替他感到高兴之际,老同学的一句话让我多了些复杂的情绪:"我已经权衡很久了,你得为我作序。"从小到大,经历不少，这回才知道"作瘪子"的滋味。不答应吧，盛情难却；答应吧，本人对诗词知之甚少。

那就强赶鸭子硬上架吧，打开发来的电子稿，数遍品读，发现老同学所作的诗、词、散文俱佳。我暂时忘掉了自己要作序一事，尽情地欣赏学习了数日，还是欲罢不能，于是把一切事情放下，专心致志地从头到尾品读着每一篇诗文。窗外微风习习，春意渐浓，我一页页地翻读书稿，内心充满了莫名的快感。那一篇篇意境深远的佳作，那一首首充满真情的诗词，述说着过往，记录着感怀；字符间跃动着浓重的情思，诗句中蕴含着无限的深情，如歌，似酒，是精神历险，是心灵放牧，更是生命远足。

老同学的诗文集按编排顺序，分为古体诗词篇（136首）、现代诗篇（29首）和散文篇（5篇）三部分；按表述内容，可分为歌颂美好生活、赞颂家乡美景、记录旅行见闻、致敬亲朋好友、描写时令景色、憧憬光明未来，等等。他用一颗质朴、善良的心去感受生活，拥抱生活，描写生活，歌颂生活。他用生花妙笔，歌颂伟大时代，歌颂社会进步，歌颂幸福生活。

老同学的诗词，贯通古今，诗风朴实，入格入律，结构严谨，所述山川物产、民情风俗，精准而不俗；所记父老乡亲、同学朋友，血浓于水，感人至深。

老同学给人的印象是慈祥，谦和，低调，平易近人。

老同学和我情谊甚笃，更是文学挚友。高考复习期间，因学习压力大，大家精神萎靡不振，可是一听老同学讲起评书、谈起诗词，每个人都精神十足，双目圆睁，唯恐落下每一个情节。清晨或傍晚，红山湖畔总有我俩的身影，谈文学，谈理想，谈未来……正如老同学在诗中所述："肺腑之言，湖边共勉，话与君说总不完。从今日，恨不能生翅，直上云天。"

老同学阅读兴趣浓厚，阅读面广泛。他读书既重视向外的学习吸纳，更重视向内的内省感悟。现在呈现在大家面前的内涵丰富、思理至深的几篇读后感类诗篇，如《叹蜀相》《闲话〈红楼梦〉》等，是老同学读书思考、生活经验、艺术探索的集合，也是老同学简明深邃、恰到好处的思想闪光的萃聚。

我深知老同学的文化底蕴和他厚德载物的为人

处世根基。老同学不但好学、善学、学必有成,而且重情守义、义重如山。

对于恩师,他心怀感恩,诗句里充满无尽的怀念。他在《游地校感怀赠陈山老师》里写道:"二十年来如梦游,醒时犹在班级中。容颜渐老心依旧,一片痴心念陈公。"

对于同事、朋友、同学,他心怀感恩,诗行里蕴含着无限的情义。虽没有惊世骇俗之语,也不故作凝神思考状,却充满真性情、真见识。既饱含深情,又有温柔淳厚之风,不能不让人感慨其过人的笔力和对世态人情体察的深入。他在《草原行》里写道:"同学聚会草原行,草长莺飞七月中。花海丛中观美景,高山顶上驾云腾。七仙峰下十仙女,三义石前四弟兄。塞北高原天地阔,来年此地再相逢。"

优秀的诗人,首先必须是优秀的学者。纵观古今中外,不行万里路、不破万卷书而能写出好诗者寥寥无几。老同学借助工作的便利,为了吸收大自然的"诗素",跑遍了祖国的山山水水。老同学从长春地质学校毕业后一直从事找矿工作。他的工作又苦又累,还有风险。老同学不但不觉得苦,反而将其作为历练和学习的机会。他的诗作很大一部分是写他找矿、建矿的经历以及经受的磨难。从他的诗作《感怀》中就能看出："三十八年似梦中，峥嵘岁月却从容。兴安大岭留足迹，塞北长河映面瞳。历尽千辛来建矿，排除万难始成功。人生到此须行乐，笑看儿孙满堂红。"

还有《建设敖包吐矿山五首》《大兴安岭原始林区工作记行五首》《巴彦温都尔找矿八首》《巴林左旗上井子找矿下山遇雨》《找矿雪阻哈达勿苏》《蝶恋花·雪阻莫尔道嘎》等。

中年，是人生的一个重要拐点。这一阶段的创作，不仅与年龄有关，更涉及生命成熟和写作心态。中年仿若人生的秋季，在这一时节，收获与迟暮、迷茫与洞彻、社会责任与个人自由之间，达到了某种意义上的相对平衡，所以诗人对于生存命运的体察，更为通明、练达，对于相关事物的考究，更为精妙、圆融，其艺术风致，也如秋叶朗月，舒展着脉脉的辉光……

老同学写了很多关于秋的诗。描写秋，是一种心境，也是一种灵魂的超越与升腾，正如他在《中秋夜宴其二》中所感悟到的："桂树花香正盛开，中秋夜宴喜盈怀。移桌把盏廊檐外，明月一轮入酒来。"

此种心灵境地，淡泊以明志，宁静以致远。因此，他从容、宽宏，能够大度地面对天地万物，远离世事纷争。

老同学系谦谦君子，沉稳老练，为人处世有君子之风。在他内心深处，时时回荡着与北方大漠孤烟、长河落日相契合的英雄气概，他本人也确实胸怀宽广、气势豪迈。所以，他写的诗，既流畅又沉着，自然而然，得心应手。"富贵荣华尘世途，清高傲世仙家路。"这是他独特的风骨。如《北行思乡曲》："潇潇风雨涉生涯，阅尽人间四季花。笑我少年乡情溢，天高海阔却思家。"

《思乡》则体现了他的婉约柔情："书海寻珠乐中求，几回乡梦惹人愁。家中父母勤劳作，却任人间浪子游。"

为诗者，首在乐于己，而非乐于人。乐于己者，必无功名之想，故能成其大，行之久矣。老同学写诗词的动机和出发点皆源于此。老同学创作的诗词算不上鸿篇巨著，是他心弦自弹的小溪，叮咚作响，流入读者的心田，滋润着一片片焦渴的土地。

当然，老同学的诗文集并非篇篇都是佳作，首首都可传世，在意境的开拓、主题的挖掘、情感的表达、遣词炼字等方面，仍有很大的进取空间。我热切地希望老同学在以后的创作中，精益求精，日臻完善，写出更多脍炙人口的佳作。愿老同学任凭世间纷扰，静守岁月安好，不念过往，不畏将来，心中有诗意，脚下有远方，不断朝着自己的目标前行。

　　权且为序，不妥之处请老同学指正！

任向明
2021年4月20日

古体诗词篇

赤峰春 / 3

中秋夜宴二首 / 4

代白乌苏赏杜鹃梨花三首 / 6

代白乌苏秋色 / 9

清明诗三首 / 10

自喻 / 13

落日 / 14

赠老荆 / 15

满江红·贺新年 / 16

蝶恋花·雪阻莫尔道嘎 / 17

自度曲·我爱秋 / 18

登北岳恒山 / 19

长白山秋色 / 20

登罕山高格斯台远眺 / 21

草原行　　／ 22

秋　　／ 23

大　旱　　／ 24

翁旗响水湾观荷花　　／ 25

秋　雪　　／ 26

建设敖包吐矿山五首　　／ 27

感　怀　　／ 32

芍药园题外孙小嘟　　／ 33

再游长春胜利公园　　／ 34

秋上黄岗梁二首　　／ 35

登小井子后山　　／ 37

游桂林漓江　　／ 38

登承德兴隆山　　／ 39

观南迦巴瓦峰　　／ 40

齐齐哈尔扎龙湿地　　／ 41

西江月·秋游赛罕坝七星湖　　／ 42

大兴安岭原始林区工作记行五首　　／ 43

北国红豆　　／ 48

兴安杜鹃　　／ 49

忍冬树　　／ 50

西口子感怀　　／ 51

元旦赠女儿　　　/ 52

游地校感怀赠陈山老师　　　/ 53

巴林左旗上井子找矿下山遇雨　　　/ 54

仙女峰　　　/ 55

五罗供山　　　/ 56

找矿雪阻哈达勿苏　　　/ 57

测官地剖面感怀　　　/ 58

巴彦温都尔找矿八首　　　/ 59

克旗努鲁尔虎山行　　　/ 67

芝瑞车行至乌丹　　　/ 68

车阻百岔河　　　/ 69

登茅荆坝南瞰冀中　　　/ 70

赠赵总调往内蒙古地矿局任总工　　　/ 71

灯笼河子草原赏山菊花诗二首　　　/ 72

雨霁花艳　　　/ 74

赠建设　　　/ 75

国庆节赠亚武弟　　　/ 76

五一节赠任向明兄　　　/ 77

盗墓行　　　/ 78

游昭君墓感怀三首　　　/ 81

思乡回文句　　　/ 84

春　风　／ 85

北行思乡曲　／ 86

复州湾登三棱山观日出　／ 87

无题诗三首　／ 88

西江月·贺新年　／ 91

鹧鸪天·致新国友　／ 92

长春地校与刘亚武弟合作三首　／ 93

思　乡　／ 96

白龙溪边漫步口占　／ 97

叹蜀相　／ 98

闲话《红楼梦》　／ 99

读《东周列国志》感怀四首　／ 100

赠长春地校同学送别诗六首　／ 104

西江月·颂张海迪　／ 110

观春雪　／ 111

游红山水库　／ 112

初春渡红山水库　／ 113

题董燕杰山水画诗二首　／ 114

风入松·高考落地复读　／ 116

沁园春·共勉（赠任向明）　／ 117

西江月·叹春　／ 118

西江月·观史 / 119

游葫芦峪诗词四首 / 120

蝶恋花·送别 / 124

鹧鸪天·登赤峰市最高峰大光顶子山感怀 / 125

秋染平顶山二首 / 126

秋　思 / 128

高山青松 / 129

重阳节感怀 / 130

布达拉宫 / 131

羊卓雍错 / 132

驼峰岭天池 / 133

观巴林左旗召庙和辽上京遗址 / 134

野宿哈布特 / 135

致自己 / 136

天山草原行 / 137

日　暮 / 138

秋　景 / 139

玉龙沙湖晚秋 / 140

现代诗篇

我是一个黑皮肤的小伙（歌词）　　/ 143

相聚（歌词）　　/ 144

思恋（歌词）　　/ 146

地质队员之歌（歌词）　　/ 147

白鸽（歌词）　　/ 149

赤峰的山水多秀美（歌词）　　/ 151

春天，我们走向山野　　/ 153

溪水，向大海流去　　/ 154

沿着山间的小河　　/ 155

走近乌拉盖　　/ 156

登长城感怀　　/ 157

这是一只勇敢的鹰　　/ 158

长春南湖游歌　　/ 160

野　餐　　/ 161

春　　/ 162

雪　　/ 163

惊梦初醒　　/ 164

致家乡的一位朋友　　/ 165

这是一个柔和的夜晚　　/ 167

盛开的玫瑰　　/ 169

在这样的一个早晨里　　/ 170

深蓝色的湖边　　/ 171

勘探队员　　/ 172

田野秋歌　　/ 173

月　怒　　/ 175

我们迈着夸父的脚步　　/ 176

十月之歌　　/ 179

草原·男人·女人　　/ 181

写给女儿的诗　　/ 183

燕雀大战　　/ 187

雕　鸮　　/ 189

狼　　/ 191

野　宿　　/ 193

陆大侠　　/ 197

后　记　　/ 203

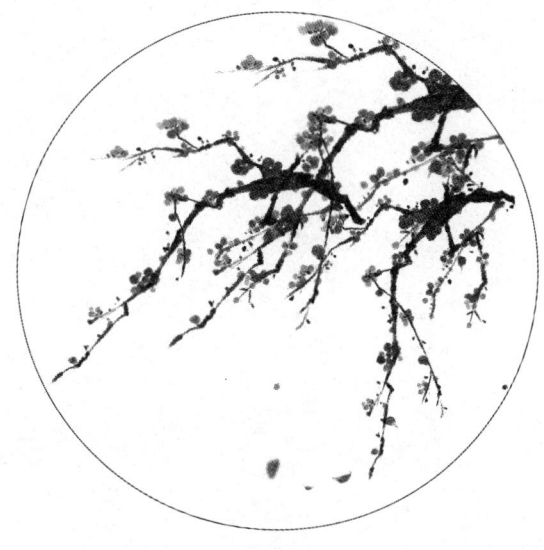

古体诗词篇

赤峰春

塞外风光聚赤峰,
丹崖碧水玉龙腾。
春风如酒花如梦,
领却骚人多少情?

中秋夜宴二首

一

成仙何用偷灵药？
老酒三壶入梦遥。
醉到蟾宫摘桂子，
嫦娥漫舞我吹箫。

二

桂树花香正盛开，
中秋夜宴喜盈怀。
移桌把盏廊檐外，
明月一轮入酒来。

代白乌苏[1]赏杜鹃梨花三首

  每年五一节前后,赤峰市阿鲁科尔沁旗境内的代白乌苏村风景怡人。山下千亩梨花竞相开放,如白衣仙子婀娜多姿。山间杜鹃拥抱于绿树丛中,花开似火。山高林密,野雉啼鸣。顺沟而上,曲径通幽,游人置身花海,心旷神怡。

一

谷底香风醉,
梨花带雪来。
林深啼野雉,
岭峻杜鹃开。

---

[1] 代白乌苏,位于赤峰市阿鲁科尔沁旗东沙布台乡。

二

大岭风光景色怡,
杜鹃遍野火燃枝。
人行花海精神爽,
春上青山绿参差。

三

雨后闲来去赏芳,
农民川上种田忙。
春风最解游人意,
催绽梨花满院香。

代白乌苏秋色

代白云岭秀,
霜色染山中。
树树着金色,
山山铺彩虹。
寒天升皓月,
归雁唳长空。
风景还相似,
三秋人不同。

清明诗三首

清明节赏花车泊尔民俗园[1]

清明时节景宜佳，
心旷神怡去看花。
陌上桃花初绽蕾，
园中小草已发芽。
轻烟袅袅飞天外，
润雪飘飘吻脸颊。
抛却扰心烦恼事，
相约知己品茗茶。

---

[1] 车泊尔民俗园，位于赤峰市松山区新城。车泊尔，赤峰人，是元世祖忽必烈的皇后。

清明节巴彦花水库[1]网鱼

五更春雪落无声,
晨起踏青雪正停。
水库开河鱼上涌,
网来佐酒过清明。

---

[1] 巴彦花水库,位于赤峰市阿鲁科尔沁旗巴彦花镇。

清明节骑马穿越科尔沁沙漠

四月杨花舞满天,
暖风回雁戏湖边。
路旁垂柳着春色,
漠上沙榆欲放钱。
山杏枝头羞吐蕊,
寒梅岩下笑开颜。
人随春意心潮涌,
策马扬鞭至岭巅。

自 喻

碧水青山客,
荒原大漠人。
山川酬壮志,
雪野醉征心。

落 日

落日余晖艳，
林梢半月悬。
苍穹人一粟，
旷野雁鸣天。

赠老荆[1]

字如人品气如虹，
翰墨生宣走蛟龙。
四海结缘同道友，
荆公刀笔任纵横。

---

[1] 老荆，荆为平，北京书法家协会会员，国家机关书法家协会会员。

满江红·贺新年

　　结彩张灯,银河落、玉龙漫舞。归游子、万家团聚,喜盈门户。击鼓弹琴岁月颂,温壶烫酒牛羊煮。敬天地、共倾酒一杯,还酹土!

　　心相恋,情相吐。意相重,人相慕。半余生未敢,光阴虚度。富贵荣华尘世途,清高傲世仙家路。体康安、家和万事兴,人生足!

蝶恋花·雪阻莫尔道嘎

玉宇琼楼娇燕住。斗艳凌波,为报春歌舞。似水柔情何日吐?琴弦夜断思君故。

漫转明眸星月妒。又误归期,千里关山阻。夜半寒风摧玉兔,天明雪断归家路。

自度曲·我爱秋

我爱秋,秋色黄。
谷穗镶金粒,千里稻飘香。
枝头挂金叶,水冷戏鸳鸯。
鸿雁队队南飞去,也频回首恋北方。

我爱秋,秋色彤。
山川红胜火,霜叶染神州。
长空升皓月,霞光跃彩龙。
塞北长河美如画,兴安大岭景色浓。

我爱秋,秋色寒。
落叶萧萧下,水天一色蓝。
山高云雾绕,丝雨细如烟。
林中鹊鸟归巢早,夜阑人静霜满天。

登北岳恒山

松间藏古刹，
寺宇半空悬。
壁陡削刀立，
峰高雾海间。
太行天下雄，
恒岳世间险。
果老拴驴树，
今朝欲触天。

长白山秋色

秋到长白景色浓，
层林染却绿黄红。
奇峰秀入白云上，
溪涧深藏红叶中。

登罕山高格斯台[1]远眺

登上罕山景色浓，
黄花遍野山丹红。
诗人顿觉胸怀阔，
笑看青山数九重。

---

[1] 罕山高格斯台，国家级自然保护区，位于赤峰市阿鲁科尔沁旗北部。

草原行

2021年7月9日,作者与长春地质学校的同学及家眷等相聚于赤峰市乌兰布统镇,共同游览了乌兰布统草原、贡格尔草原、阿斯哈图石阵等景点。旅游结束后作七律一首以记之。

同学聚会草原行,
草长莺飞七月中。
花海丛中观美景,
高山顶上驾云腾。
七仙峰[1]下十仙女,
三义石[2]前四弟兄。
塞北高原天地阔,
来年此地再相逢。

---

[1] 七仙峰,指赤峰市克什克腾旗阿斯哈图石阵七仙女峰景点。
[2] 三义石,指赤峰市克什克腾旗阿斯哈图石阵三结义石景点。

秋

塞北高原秋意浓,
微风拂面暖融融。
堤边稻谷镶金色,
坝上高粱似火红。

大 旱[1]

骄阳初夏烈，
大地火焰升。
四野云风尽，
八方热浪腾。
江南罹水患，
岭北闹灾情。
若有龙王在，
何时救众生？

---

[1] 2016年初夏，南方水灾，北方大旱。内蒙古在这个季节本应芳草萋萋，而这年却是赤地千里。

翁旗响水湾[1]观荷花

沙丘高百尺,
响水育莲池。
日烈荷花艳,
风轻细柳直。

---

[1] 响水湾,位于赤峰市翁牛特旗响水河下游。

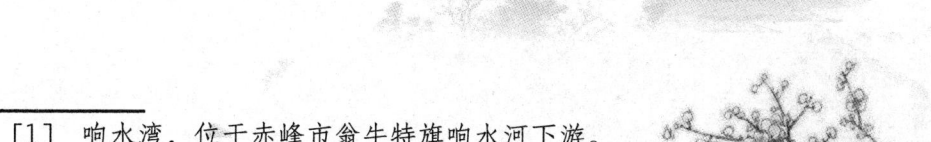

秋 雪

寒天飞雪落无痕，
漫锁深山断世尘。
老酒三杯沉醉去，
黄粱梦里是仙人。

建设敖包吐矿山[1]五首

一

七载勤劳建矿山,
几多辛苦几多甜。
从今大展凌云志,
登上高楼望九天。

---
[1] 敖包吐矿山,位于内蒙古赤峰市阿鲁科尔沁旗坤都镇。作者于2012—2019年主持该矿山建设和生产工作。

二

白雪寒山落日红,
矿山节后又复工。
时光不觉摧人老,
一晃匆匆四月中。

三[1]

寒风飒飒雪纷纷,
迷漫荒原半掩门。
路锁深山人不见,
苍茫大地已无痕。

---

[1] 此首诗作于2012年11月11日,当夜大雪,晨起推门不开,已被大雪封住。

四

一夜春风到矿山，
桃红柳绿杏花妍。
杜鹃声醉惊吾梦，
无限风光在眼前。

五

昨夜寒风烈,
杏花透暗香。
屋寒原野静,
酒冷念温床。

感 怀

三十八年似梦中,
峥嵘岁月却从容。
兴安大岭留足迹,
塞北长河映面瞳。
历尽千辛来建矿,
排除万难始成功。
人生到此须行乐,
笑看儿孙满堂红。

芍药园题外孙小嘟

杨花落尽柳飞英,
芍药花开艳赤峰。
香溢满园游客醉,
少儿花海戏蝶蜂。

再游长春胜利公园

碧波如镜柳丝长,
胜利公园任徜徉。
三十余年游旧地,
昔年小树已沧桑。

秋上黄岗梁二首

国庆十一长假期间,刘和峰一家去克旗热水黄岗梁游玩。夫人宇妈作一美篇,和峰邀我给美篇配图作诗,盛情难却,草诗二首以赠之。

一

飘飘落叶满山黄,
漫步山间任徜徉。
白桦林中拥白桦,
黄梁岭上看黄梁。

二

十月金秋稻谷香，驱车直奔黄岗梁。
山川万里着金色，峻岭无边染杏黄。
美女红装骑马背，儿郎宴罢浴池塘。
人生到此须行乐，莫待老来心暗伤。

登小井子[1]后山

清明难得是晴天,
酒后兴来登大山。
绝壁飞鸦鹧鸪叫,
阳光普照惠人间。

---
[1] 小井子,位于赤峰市翁牛特旗乌敦套海镇。

游桂林漓江

潋滟漓江入画屏，
山清水秀映楼亭。
群峰竞秀相拥立，
倒影江中似醉翁。

登承德兴隆山

峰直如斧斫，
岭峻触云端。
飞瀑千崖挂，
天梯半壁悬。
仙山移海岛，
巨柱擎穹天。
登上兴隆顶，
心胸顿豁然。

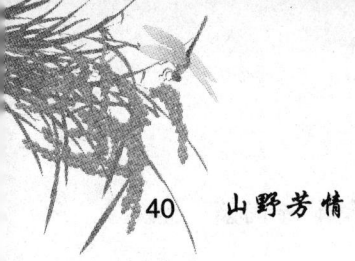

观南迦巴瓦峰

雅鲁藏布好风光，
高江急峡雾中藏。
神峰穿入白云上，
壑谷幽深抱大江。

齐齐哈尔扎龙湿地

扎龙湿地广，
秋色泛金黄。
鹤唳云天阔，
风吹稻谷香。

西江月·秋游赛罕坝七星湖

白桦亭亭玉立，
枝头片片金黄。
寒天日落雁成行，
霞映无边苇荡。
霜叶随风飞舞，
鸳鸯戏水河塘。
湖边漫步自徜徉，
听却秋波荡漾。

大兴安岭原始林区工作记行五首

　　笔者于1996—2000年在内蒙古莫尔道嘎以北大兴安岭原始林区从事找矿及找矿方法研究工作，足迹踏遍西口子、前场、狼狈、八道卡、阿凌河、吉兴沟。这些地方为无人区，自然环境优美，人与熊、狍、野狼相伴。工作艰苦但也快乐，工作场景用诗以记之。

进　山

清晨蚊子密遮面，
日照牛虻涌上台。
身落蚊虻无隙处，
疑是腐尸跳将来。

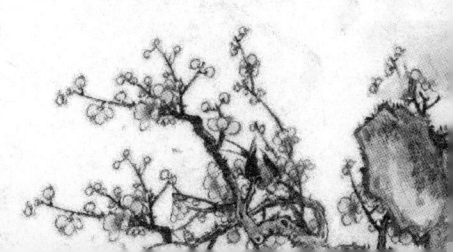

迷 路

密灌交织老树横,
眼前无路也攀行。
挥刀砍却通天路,
敢叫牛郎织女逢。

重砂测量狼狈河[1]

穿林破雾晓风寒,
雨锁深山细似烟。
树上林鹰声切切,
殷勤邀我入家园。

---

[1] 狼狈河,和下文的八道卡一样,位于呼伦贝尔市大兴安岭原始林区,河床盛产砂金。

八道卡布线

清晨工作北山行，
雾气蒙蒙脚下生。
叶上露珠濯颈面，
枝头布谷唤黎明。
杜鹃香气迷人醉，
野鹿悲鸣动我情。
今日重来寻旧梦，
兴安大岭唱雄风。

野宿八道卡[1]

林海松涛阵阵喧,
清晨找矿进深山。
沼泽陷住抽身苦,
密灌苦缠行路难。
暮霭茫茫生涧底,
晚霞艳艳染林间。
三壶老酒催酣梦,
野鹿熊狍伴我眠。

---

[1] 八道卡、狼狈河位于呼伦贝尔市大兴安岭原始林区,河床盛产砂金。

北国红豆

艳丽晶莹布满山，
谁将珠宝撒兴安？
品尝几粒多情子，
惹动相思多少年。

兴安杜鹃

生在山巅上，
花开胜火焰。
任凭寒雪侵，
风骨亦洁然。

忍冬树

寒风萧瑟叶飞天,
万木凋零褪容颜。
唯有忍冬真本色,
果红叶绿不畏寒。

西口子[1]感怀

记得昔时繁盛名,
烟花柳巷不眠城。
八方浪子金钱撒,
四国娇娘媚态生。
烈烈龙旗翻绿浪,
飘飘舞袖绕红亭。
今朝一片苍凉地,
野草荒茔伴凄风。

---

[1] 西口子,地名,位于呼伦贝尔市原始林区额尔古纳河畔,对岸为俄罗斯。

元旦赠女儿

策马扬鞭斗志昂,
书山学海任徜徉。
纵横经史胸怀阔,
探索自然意志强。
紫气东来呈瑞意,
新年伊始送吉祥。
天涯共进一杯酒,
万里乾坤任翱翔。

游地校感怀赠陈山老师

二十年来如梦游,
醒时犹在班级中。
容颜渐老心依旧,
一片痴心念陈公。

巴林左旗上井子找矿下山遇雨

斜阳西下马出山,
几朵白云头上悬。
龙女强留留不住,
珠帘洒下罩人前。

仙女峰[1]

曾是瑶池座上宾，
只因醉酒化峰林。
松横野径遮村路，
雾锁深山断世尘。
凤舞龙飞姿态美，
猿啼虎啸意形真。
平生最爱天然韵，
为探仙踪踏梦痕。

---

[1] 赤峰市林西县境内有石匠山，仙女峰为石匠山山峰之一。石匠山山体由花岗岩组成，由于花岗岩的差异性风化作用，造成地貌景观别致多样，奇峰林立，怪石突兀，似人，似龙，似凤，似虎，形态逼真。

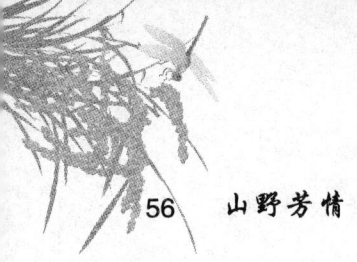

五罗供山[1]

曾闻罗汉下尘凡,
景系新林马不前。
溪涧深藏红叶里,
峦峰秀入白云端。
山吞雾霭蛟龙动,
水溅基岩浪沫翻。
我与神仙评境界,
始知天上恋人间。

---

[1] 五罗供山,位于赤峰市林西县新林镇境内,由五座山峰组成,形同罗汉而得名。

找矿雪阻哈达勿苏[1]

阵阵锤声惊破梦,
儿郎豪气入瑶台。
多情最是梨花女,
驾驭春风扑面来。

---

[1] 哈达勿苏,山名,位于林西县官地镇。

测官地剖面[1] 感怀

寻踪古海踏青山，
昔日生灵已化岩。
浪涌波翻留印迹。
始知沧海变桑田。

---

[1] 官地剖面，位于赤峰市林西县上官地，为二叠纪湖相著名剖面，由法国人德日进始测于1921年。1991年，由内蒙古区测二队重测。剖面动植物化石，层面构造丰富。

巴彦温都尔找矿八首

笔者于1988—1990年在赤峰市阿鲁科尔沁旗巴彦温都尔苏木一带从事1∶5万区调及找矿工作。该地区水草丰茂，山高林密，野鹿成群，狼群出没。春天，杏花盛开，香风沁骨；夏日草长莺飞，百花争艳；秋季野果满坡，蘑菇遍地。工作之余，以诗记之。

塞北春

杏花三两点，
塞北季春迟。
野鸟知人意，
飞来树上啼。

登哈布盖特[1]

山高云蔽日,
曲径密林幽。
人逐花廊转,
花随瀑水流。

---

[1] 哈布盖特,山名。

古风·杏花林

塞外杏花压满枝,
春山入水映春绿。
蝶飞蜂舞意何狂,
微风暗送香飘去。

穿杏花谷

两壁危岩欲触天,
粉妆含翠水如烟。
人穿玉色杏花谷,
扑面香风不晓寒。

找矿德布勒

森森涧谷草葳蕤，
横断青山路不回。
探矿常经山路险，
锤声惊得宿鸦飞。

找矿中午翻越乌兰温都尔[1]

山高路险日头炎，
踏遍青山趣味酣。
回首等闲高瞩目，
桑榆虽老叶遮天。

---

[1] 乌兰温都尔，山名，位于赤峰市阿鲁科尔沁旗境内。

登阿格如乌拉[1]

春波碧草印仙踪,
汗落山石欲陷坑。
翳壑幽幽林蔽日,
唯闻布谷叫声声。

---

[1] 阿格如乌拉,与下一首诗中的"阿拉坦"均为山名,位于内蒙古赤峰阿鲁科尔沁境内。

登阿拉坦

奇峰滴翠自云霄,
鹤唳鹰啼戏碧涛。
水秀花香人意好,
青山与我共妖娆。

克旗努鲁尔虎山行

人在高原兴致浓,
春风拂面暖融融。
桃花脸上倾一吻,
不抹唇膏唇自红。

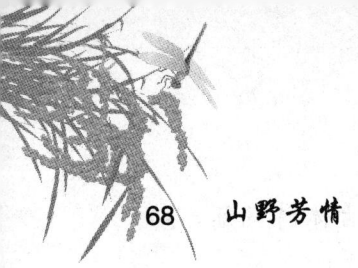

芝瑞车行至乌丹

高原直下广德公，
两岸山峰相对拥。
人面桃花相去远，
迎来杨柳绿丛丛。

车阻百岔河[1]

高山积雪渐消融，
百岔河开水奔流。
灌溉良田千百顷，
丰收粮贱农民愁。

---

[1] 百岔河，位于赤峰克什克腾旗境内，为西拉木沁支流。

登茅荆坝南瞰冀中

登上茅荆瞰冀中,
层峦叠嶂数峰重。
千崖壁挂赤承路,
万绿丛拥杜鹃红。
云霭霞光飞彩凤,
烟波碧浪走蛟龙。
南来北往经商客,
两地互通共盛荣。

赠赵总[1]调往内蒙古地矿局任总工

清风两袖赴青城，
白雪寒山亦有情。
塞北长河歌业绩，
兴安大岭唱雄风。
胸怀坦荡映明月，
才智超群照征程。
此去鸥鹏须展翅，
天高海阔任君行。

---

[1] 赵总，即赵国龙，曾任内蒙古区调二队总工，内蒙古地矿局总工。

灯笼河子草原[1]赏山菊花诗二首

一

山菊烂漫草萋萋，
风送花香沁骨鼻。
蜂舞蝶飞双斗艳，
人行花海气神怡。

---

[1] 灯笼河子草原，位于内蒙古自治区赤峰市翁牛特旗境内，属尚未开发的高原草甸草原。

二

冷艳山菊似雪开，
驱车百里看花来。
香飘十里游人醉，
风景无边情满怀。

雨霁花艳

乌云漫卷过山穹,
雨霁清溪石上流。
妩媚千娇滨紫草[1],
风情万种胭脂红。

---

[1] 滨紫草,与下句中的"胭脂红",分别指长筒滨紫草和胭脂花。二者在初夏盛开于灯笼河子草原,花色一蓝一红,非常艳丽。

赠建设

万里相思随梦游，
昔时倩影已无踪。
天涯望断伤心月，
肠断歌声朽木荣。

国庆节赠亚武弟

记得春城别却时,
风寒泪送雪染枝。
天涯共饮三杯酒,
乘兴同吟醉月诗。

五一节赠任向明兄

小憩廊檐阅史篇,
鸡鸭鹅叫赛琴弦。
司禽锄地身康健,
再换人生数百年。

盗墓行

　　余填图找矿,足迹踏遍赤峰之山山水水,常见青山绿水间被盗古墓座座,白骨抛于荒野。曾闻牧羊老者谈及王二麻子盗墓被埋之故事,感慨系之,遂成此篇《盗墓行》,以警世人。

　　松洲自古风光秀,绿水青山多古墓。
　　匈奴契鲜繁衍地,多少钱财埋入土。
　　忽如一夜阴风起,涌出盗墓专业户。
　　民谚云:要想富,掘古墓,一夜成为暴发户。
　　君不见李家昔日住羊圈,如今已把高楼建。
　　赵家昔日住土屋,今朝仰卧"金銮殿"。
　　王二麻子急傻眼,手拿锹镐上了山。
　　山山水水都寻遍,一座古墓未寻见。

荒废田园整二年，二年成为穷光蛋。
总结经验求技术，风水先生来相助。
先生生来独眼龙，独眼风水看分明。
自言通晓阴阳术，祖传挖坟和掘墓。
二斤酒，下了肚，天明二人上了路。
出村口，奔西南，西南有座架子山。
乌云笼罩架子山，缥缥缈缈时隐现。
山上青松泪欲滴，山下河水声呜咽。
匆匆来到山坡南，独眼细把风水观。
龙形河，虎形山，地气隐隐与天衔。
天生风水阴宅地，前测后量定穴眼。
王二麻子使威风，挥锹抡镐声震天。
三尺挖出五色土，九尺掘到青石板。

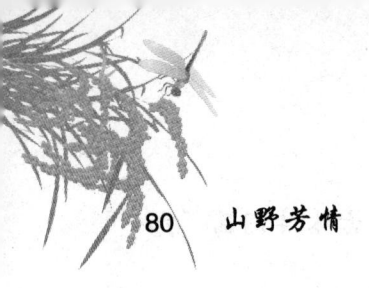

独眼龙,瞪独眼,王二麻子麻坑颤。
合力搬开青石板,争先恐后墓里钻。
阴风怒号鬼神哭,轰隆一声墓穴陷。
雷鸣电闪雨倾盆,洪水淤平墓穴坑。
百龄族长立村头,杖指青天喊报应。
劝人莫做缺德事,伤天害理天不容!

作于1996年3月3日

游昭君墓感怀三首

一

黛色含烟墓草青，
花廊古木绕香亭。
汉宫秋色伤心月，
马上琵琶塞外风。
息烽火，罢刀兵，
荒原大漠客商行。
若无当年毛延寿，
哪有今人笔墨评？

二

干戈经年动驿亭,
昭君出塞始休兵。
秋风摇落边关月,
万古功名胜卫青。

三

驰骋荒原胆气豪,
胡风不掩女儿娇。
琵琶声里狼烟灭,
从此汉皇乐凤巢。

思乡回文句

青岭云寒水纵横,
水山偎恋乡思情。
频梦空飞愁复笑,
萍乡玉泪似月明。

春 风

一夜春风过冀东，
催开万树满园青。
遥知故土垂杨柳，
依旧萧萧睡梦中。

北行思乡曲

潇潇风雨涉生涯，
阅尽人间四季花。
笑我少年乡情溢，
天高海阔却思家。

复州湾登三棱山观日出

远眺海中孤岛峰，
近观盐场镜明中。
茫茫海渚升红日，
潋滟清波映钓童。

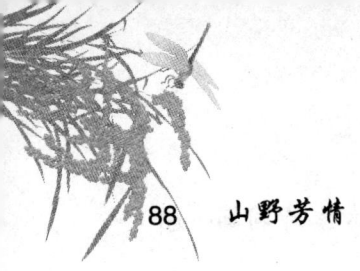

无题诗三首

一

记得青城相聚时，
凌波仙子露英姿。
昭君殿上倾歌舞，
五塔台前折柳枝。
月涌花深人欲醉。
情深意切心相依。
华年已逝思君益，
静夜无眠好写诗。

二

美酒金钱正道求，
运筹帷幄有刚柔。
雄才大略谁与共？
世上小人不为谋。

三

轻风明月两相偎,
别却温柔踏北云。
遥知故乡君忆我,
可知月下我思君?

西江月·贺新年

如水光阴永逝，
新年一度又来。
迎新送旧喜开怀，
漫舞高歌喝彩。
莫叹年华几载，
春花蝶梦瑶台。
争先恐后显奇才，
来个八仙过海。

鹧鸪天·致新国友

　　好友赵新国与吾同年考入长春地质学校，学习成绩优秀，但由于体检血压指标不合格，被退回原中学复读。为回新国信中所求，草词一首，用以激励之。

世路崎岖实可哀，
人生大道须自开。
旁人笑口等闲过，
吾辈挺身成俊才。
休悔恨，且开怀，
回枪拍马上阵来。
仕途就是无容地，
也要争名点将台。

长春地校与刘亚武弟合作三首

仕 路

仕路生涯驿站纷，
桑间寒鸟几惊魂。
抛乡浥泪学狂客，
未就功名岂甘心？

送 别

竹马青梅苦难分,
长亭泪送已销魂。
扫眉才子堪可数,
风流儿郎皆我君。

校　园

学院育龙蛟，
白云挂碧霄。
风吹花海荡，
雨润草原娇。
笛曲枝间绕，
琴声校外飘。
闲庭园上路，
满目绿丝绦。

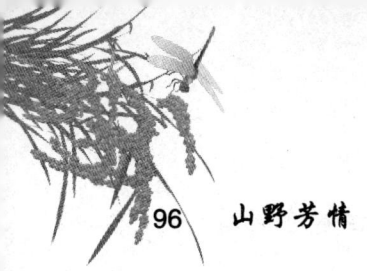

思 乡

书海寻珠乐中求，
几回乡梦惹人愁。
家中父母勤劳作，
却任人间浪子游。

白龙溪边漫步口占

红梢丝柳系人心，
绿潋山溪伴鸟鸣。
衣带潋波仙圣境，
天涯人在画中行。

叹蜀相

闲卧书斋阅古今，
幽窗夜闭锁柴门。
感人世事心肌冷，
叹陨武侯诸葛神。

闲话《红楼梦》

金陵佳丽醉红楼,
自傲清高不识途。
流水落花春去也,
东风狂自来为媒。

读《东周列国志》感怀四首

（与刘亚武弟合作于长春地质学校）

浣纱女

荻声濑水伴秋风，
低唱哀歌悼艳灵。
一束青丝虽入土，
苍天岂藏万年情？

西 施

苎水一夕失月容,
轻歌郢路抑离愁。
恃吴忍辱长娇笑,
为报君王三载羞。

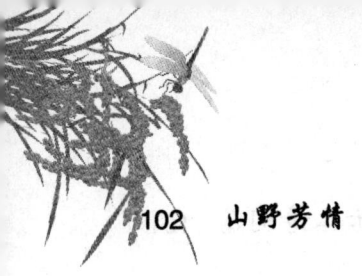

伯嚭

沧桑永固志应坚，
国相眉头薄命担。
纵使无流一滴血，
荣华万古是空谈。

伍子胥

直言屡谏触龙颜,
未得终生半日闲。
掘墓鞭尸家国恨,
功成身死美名传。

赠长春地校同学送别诗六首

渔歌子·赠杜广通

明月高楼雁北飞,
望穿春水盼君归。
江水阔,燕山巍。
九天明月永相随。

渔歌子·赠杜广通

凄雨妆楼几度春,
花开花落恼红尘。
人独立,雁双飞。
思郎泪染石榴裙。

赠张树春

生花妙笔气恢宏，
多少骚人慕此情。
道骨仙风何处有？
桑间隐卧一精英。

附张树春赠作者原诗：

一觞美酒赛谪仙，
飘逸刘郎咏诗篇。
妙笔竟书清秀句，
情文并茂岂等闲？

西江月·赠戚树军

婉转燕歌山涧,
多情人戏花前。
潇洒才子在河边,
寂寞孤影池倩。
大地广袤震撼,
莽原松海涛喧。
春城北国酒正酣,
醉后人增依恋。

如梦令·赠于永斌

风啸雨疾骢纵,
险壑断横青岭。
足迹踏千山,
仕路浪汹涛涌。
珍重,珍重!
留取史书歌颂。

附于永斌赠作者《长相思》原词:

遇时难,去时难,青泪涟涟眼未干。友情不用言。念同班,忆同班,地质三八一记全。顶天立地男。

长相思·赠焦文君

叹别离,苦别离,未待别离泪浥衣。群芳独少菊。水逶迤,路逶迤,海角天涯踏印屐。芳情何处寄?

附焦文君赠作者原词:

谈相聚,盼相聚,知心密友梦中聚。倾吐衷肠语。前途曲,路途曲,事业前程奏征曲。祝君谱新曲。

西江月·颂张海迪

雪虐风饕松傲,
残疾砥砺英豪。
丹心碧血惠民劳,
谱写壮歌雅调。
霜打秋菊香溢,
多才眉子天骄。
动人事迹自折腰,
当代保尔永耀。

观春雪

杨花落尽绿芽新,
争艳群芳草翠微。
应是三春润物雨,
乾坤却做雪纷飞。

游红山水库

信步长龙上,
登峰揽月宫。
白云连涧底,
碧树入苍穹。
流水飞明箭,
波光泛彩虹。
归船鱼满载,
赤日正当空。

初春渡红山水库[1]

库水冰融涨，
天高碧水清。
波光如利箭，
山影似渔翁。
飞鸟击湖底，
游鱼戏碧空。
风停忙起网，
波静把舟横。

---

[1] 红山水库，位于赤峰市翁牛特旗境内。

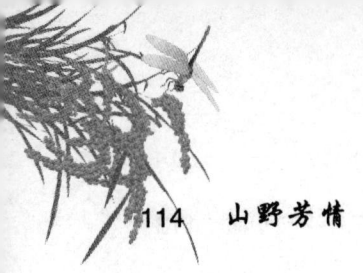

题董燕杰山水画诗二首

一

碧波湖畔水连天,
鹤唳莺歌互应还。
水秀山清风送爽,
渔人水鹤两悠闲。

二

青葱碧翠柏参天，
日丽芳妍我自闲。
美景鲜花人欲醉，
缥缥缈缈似成仙。

风入松·高考落地复读

寒窗十载苦钻研，
高考落孙山。
重重谷壑身飞过，
登绝顶，笑傲苍天。
尽管春光明媚，
不如书海花园。
刘郎落第泣河边，
羞把故乡还。
陈年老调来新弹，
琴声咽，人岂心甘？
试看来年九月，
春风送我出关。

沁园春·共勉（赠任向明）

重返学园，乍响晨钟，醒我睡眠。望红山依旧，人无变迁；春风得意，细雨绵绵。玉树芝兰，并连度难，你我与之总相然。又相会，坐寒斋窗下，苦拼生关。

前途万壑千山，纵降落君前岂称难？共十年苦读，华年虚度；千秋大事，一卷相安。肺腑之言，湖边共勉，话与君说总不完。从今日，恨不能生翅，直上云天。

西江月·叹春

大漠凄凉萎酷,
狂沙怒卷荒原。
人说春日百花妍,
这里为何凄惨?
万里沙穹之上,
绿茵点点斑斑。
山崩地裂问苍天,
是否乾坤倒转?

西江月·观史

满腹清词丽句,
为人大道盈胸。
高楼闲卧观史情,
美梦方才初醒。
千古改朝换代,
犹如大漠狂风。
官贪吏污帝王庸,
最苦平民百姓!

游葫芦峪[1]诗词四首

江城子·踏春葫芦峪

娇芳春草醉游人。鹊低巡,燕穿云。蜂舞蝶飞,斗艳竞采春。一碧小溪山涧过,清见底,响粼粼。

枝头黄鸟卖喉音。力摧春,自销魂。郁境烟波,雨过荡仙痕。割恋灵山人欲去,迎客柳,系吾心。

---

[1] 葫芦峪,位于内蒙古赤峰市宁城县小城子镇,因山峰环绕状似葫芦而得名,被称为第四纪冰川遗迹博物馆,为赤峰市著名自然风景区。葫芦峪地貌由冰川作用形成,翠屏峰为葫芦峪主峰。

五古·葫芦峪

冰川劈谷地，
天造葫芦峪。
两壁抱清溪，
双峰连刃脊。
山林隐飞瀑，
岩臼露天洗。
登上翠屏峰，
风光多旖旎。

春游葫芦峪

奇松怪柏长山巅，
烂漫山花爆满山。
石阻清溪叠浅瀑，
游人醉品润风甜。

葫芦峪杏花谷

野杏花开艳满山,
白衣仙子下尘凡。
好山好水招人醉,
留在人间做杏仙。

蝶恋花·送别

何处天涯寻碧草？脉脉双眸，欲语泪先绕。梦里相追人渐杳，与君待月别离早。

还是秋风秋日好。九月金风，送尔阳关道。花艳花飞轻凋掉，恨别一枝兰菊少。

鹧鸪天·登赤峰市最高峰大光顶子山[1]感怀

自古人生无路牌，登峰险道自来开。
山林陋室访名客，荒野穷庐拜俊才。
勤运动，且开怀，乘凉大树手亲栽。
平生最爱登极顶，无限风光滚滚来。

---

[1] 大光顶子山，位于赤峰市克什克腾旗松山区与河北省承德市围场满族自治县交界处，海拔标高 2067 米。

秋染平顶山二首

一

寒霜送归雁，
秋染平顶山。
刃脊横云岭，
尖峰刺碧天。

登二妓

秋上高山景色浓，
群峰耸立叶飞红。
游人踏入神仙地，
疑是天宫第几重。

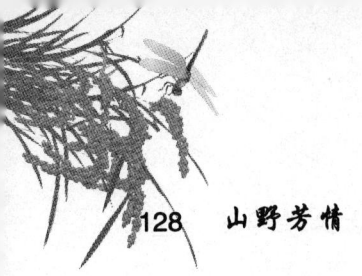

秋 思

泪染相思一叶秋,
南归鸿雁唳长空。
三壶老酒黄粱梦,
最解离人万古愁。

高山青松

虬根力劈岩隙生，
高山顶上长青松。
风霜雪雨无所惧，
阅尽人间世态风。

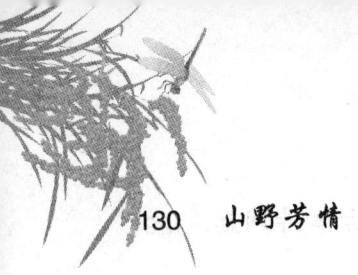

重阳节感怀

飘飘飞叶落山间,
佳节重阳峻岭攀。
趋利争名终幻客,
人生得意在峰巅。

布达拉宫

齐身矗立半山中，
大殿巍峨气势雄。
金顶佛光映紫日，
白宫铁臂抱红宫。
威严佛祖莲台坐，
庄重信徒匍地行。
十万众生来祈福，
不修今世修来生。

羊卓雍错

旷野冰山静,
羊湖碧水清。
徐徐风涌动,
潋潋波纹生。
骏马驰湖底,
牦牛跃太空。
游人来此地,
顿觉与神通。

驼峰岭天池[1]

云海松涛入画屏,
神驼倒影水中行。
天池美景仙人醉,
疑是蓬莱幻境中。

---

[1] 驼峰岭天池,为火山喷发作用形成的火山口湖,是内蒙古阿尔山景区两大天池之一。

观巴林左旗召庙[1]和辽上京遗址[2]

雨霁飞虹跨上京,
南山佛祖显神通。
携来桃石灵山立,
驶进慈舟寺口封。
三洞石佛姿百态,
一帘瀑布落千重。
阎王道上人难过,
如意石前马易行。
昔日琼楼玉宇立,
今朝断壁残垣横。
契丹多少英雄事,
湮没尘埃风雨中。

---

[1] 召庙,位于内蒙古赤峰市巴林左旗林东镇南20千米处,始建于辽代,由石窟和外殿两部分组成。石窟开凿于辽代,史称真寂寺,外殿建于清代,名为善福寺及千佛殿。景区内主要自然景点有桃石山、慈航山、七锅山、九叠溪瀑布等,均为冰川作用形成。

[2] 辽上京遗址,位于林东镇东南,是契丹政权辽王朝开国皇都上京的遗址。

野宿哈布特[1]

  2001年5月1日，笔者去探矿，夜晚扎帐于哈布特南坡小溪边。当夜群狼围帐，狼嚎鹿鸣。晨起见一头母鹿被狼夜间杀死食之殆尽，仅剩头和四肢。始知昨夜群狼围帐非为人，而是在捕食下山饮水之马鹿。

月上林梢宿渡鸦，
高原雨过日西斜。
风摇野杏飞白雪，
石荡清溪落杏花。
半夜群狼把帐围，
三更孤鹿被狼杀。
人间生死寻常事，
世有豺狼更狡猾。

---

[1] 哈布特，山名，位于内蒙古赤峰市阿鲁科尔沁旗西北部。

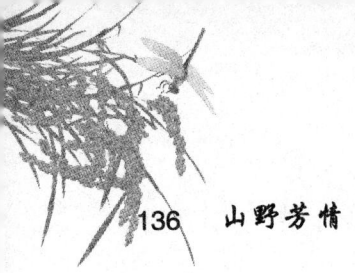

致自己

纵横八万里,
野外求真知。
探壑常开路,
登峰总作诗。
为人胸坦荡,
做事心无私。
找矿三十载,
自然为我师。

天山草原行

车行独库[1]入仙园，人在苍茫云海间。
山显巍峨覆白雪，地呈辽阔接蓝天。
黄花艳艳傍河谷，绿草萋萋抱雪山。
期待来年芳草绿，呼朋唤友上高原。

---

[1] 独库，指217国道，新疆独山子至库车段公路。

日 暮

日落霞光映碧天，
山村暮色起炊烟。
高崖水岸归栖鸟，
树上寒鸭伴月眠。

秋 景

秋风萧瑟百花衰，
唯有秋菊斗艳开。
千里草原失绿色，
无边麦浪涌金来。

玉龙沙湖晚秋

漠上沙湖闹,
晚秋大雁归。
天鹅戏碧水,
湖畔牛羊肥。

现代诗篇

我是一个黑皮肤的小伙（歌词）

我是一个黑皮肤的小伙，是太阳给了我健美的颜色。
青春年华，爱情似火，想谈恋爱，这里姑娘却没有一个。
大山给了我强健的体魄，草原陶冶了我豪放的性格。
问一声远方的姑娘：远方的姑娘你爱不爱我，
你爱不爱我，爱不爱我，爱不爱我？

我是一个黑皮肤的小伙，是太阳给了我健美的颜色。
风华正茂，朝气蓬勃，渴望着花前月下卿卿我我。
寻觅着心中那条爱河，爱情的路上依然落寞。
问一声远方的姑娘：远方的姑娘你爱不爱我，
你爱不爱我，爱不爱我，爱不爱我？

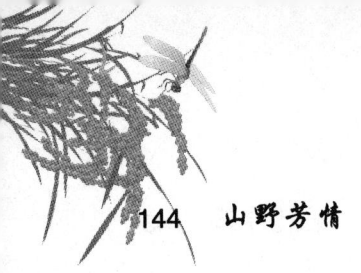

相聚（歌词）

这是一个美丽的夜晚，
师生相会笑开颜。
这是一个难忘的夜晚，
泪光中看到你们的笑脸。
一生中能有几个这样的夜晚？
一辈子能有几次这样的相见？

这是一个飞雪的白天，
师生相携登恒山。
这是一个难忘的白天，
把我们的友谊永留在恒山。
一生中能有几回这样的相聚？
一辈子能有几次这样的相见？

一生中能有几回这样的相聚？
一辈子能有几次这样的相见？
一辈子能有几次这样的相见？

2014年11月17日作于山西大同

思恋(歌词)

那一年的冬天,你把我送到车站,
顶着刺骨的寒风,我的心里却很温暖。
握着你那柔情的纤手,凝望着水一样清澈的双眼。
不要说再见,分别的时刻我们泪流满面。

分别了几十年,我们再没有相见。
夜深人静的时刻,我在心里把你思念。
翻看着那发黄的日记,回忆着柔情似水般的缠绵。
昨夜梦里相见,醒来的时刻我已泪流满面。

别亦难,相见难,
你是我心中最美的思恋。
别亦难,相见难,
你是我心中永远的思恋。

地质队员之歌（歌词）

江河是我雄浑的脉搏，
群山是我刚健的臂膀；
草原是我坦荡的胸怀，
矿山是我绿色的希望。
我是一名坚强的地质队员，
海角天涯，探索追求。
不畏山高水长，道路艰险，
不畏狂风暴雨，酷暑严寒。
为了祖国繁荣富强，
愿把热血青春贡献北疆。

巍巍兴安岭足迹踏遍，
清清呼伦湖辉映笑脸；
迎着朝阳栉风沐雨，
披着晚霞露宿风餐。

我是一名坚强的地质队员，
开发矿业，争创一流。
看那荒原崛起座座矿山，
历尽坎坷艰辛回首欣然。
为了祖国繁荣富强，
愿把热血青春贡献北疆。

白鸽（歌词）

在那遥远的地方，
有一只迷人的鸽子。
她的羽翼是那样的洁白，
就像她美丽的心灵一样。
在白云蓝天之间，
我的鸽子在飞翔。
让我这颗痴情的心，
陪伴着你遨游宇宙苍穹。

在我向往的地方，
有一只可爱的鸽子。
她的身影是那样的美丽，
就像她清澈的眼睛一样。

在乌云大海之间，
我的鸽子在飞翔。
让我这颗勇敢的心，
陪伴着你战胜惊涛骇浪。

赤峰的山水多秀美（歌词）

碧水丹崖玉龙腾，
塞外风光聚赤峰。
蔽日群楼灯火辉煌迎白骏，
红山湖畔绿柳成荫多秀美。
好山好水看不够，
满怀豪情唱赤峰。
我走遍家乡的山山水水，
赤峰的山水多秀美，多秀美！

大青山层峦叠嶂入白云，
阿斯哈图奇峰倩影醉游人。
贡格尔草原繁花似锦美如画，
达里湖波光潋滟鱼儿肥。
好山好水看不够，
满怀豪情唱赤峰。

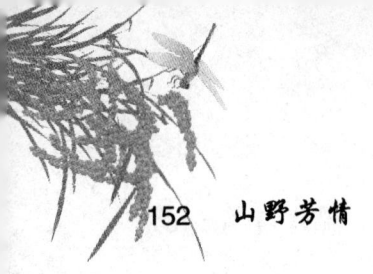

山野芳情

我走遍家乡的山山水水，
赤峰的山水多秀美，多秀美！

罕山林茂松涛涌翠鹿成群，
科尔沁风吹草海鹤鹰飞。
巴林草原绿野茫茫牛羊壮，
黄岗梁林海雪原争俊美。
好山好水看不够，
满怀豪情唱赤峰。
我走遍家乡的山山水水，
赤峰的山水多秀美，多秀美！

春天,我们走向山野

春天,我们走向山野,
路边的蒲公英正在开放。
远离喧嚣的城市,
去追逐踏勘者金色的时光。
山泉弹奏起欢快的乐曲,
清风送来杏花的芳香。
欢迎你,勇敢的踏勘者。
山林不再寂寞,
小溪不再孤独,
足迹在峻岭上踏遍,
锤声在山谷中回响。
青山为伍,白云为伴,
朝霞沃面,露宿风餐。
虽然我们失去了城市的美好季节,
但我们却拥有整个春天。

溪水,向大海流去

几处山泉,
汇集了一条溪水。
绕过无数的巉岩,
击穿无数的峭壁。
百折不回的精神,
顽强拼搏的毅力,
开拓了一条流向大海的、
曲曲折折的路。
不自矜过去的历史,
不羡慕自由的白云。
看准了的目标,
只管奔去。
溪水潺潺,
向大海流去。

沿着山间的小河

沿着山间的小河，
我向上游追溯。
凹凸的基岩，
记录着毅力的拼搏。
沙砾的沉积韵律，
标识着轻重的抉择。
我从这里悟出一条真理：
砂金不是因为太阳才闪金光，
而是因它经得起河水千万年的淘琢。

走近乌拉盖

走近乌拉盖,芳草萋萋,花开正酣。
百灵清脆,牧歌悠扬,
天低野阔,心胸豁然。
极目远眺,白云绿草相拥,蓝天大地相衔。
乌拉盖湖,烟波浩淼,水天相连。
游鱼嬉戏湖底,群鸥争翔蓝天。
九曲天河,九曲弯弯,千回百转,
恰似神舞碧带,犹如仙女下凡。
芍药花谷,花期虽过,犹有数株白芍正开,
确也香风摄骨,敢与百花争妍。
走近乌拉盖,走近天边草原。

作于2018年7月

登长城感怀

雄踞于峰脊之上，
蜿蜒于群山之巅。
举世瞩目的万里长城啊，
谁不惊叹你的神奇壮观！
我站在烽火台上，
俯瞰脚下的青山绿水，
想起了昔时的烽火狼烟。
今日的长城啊，
成了凝聚中华民族的光辉史篇。

这是一只勇敢的鹰

这是一只勇敢的鹰，
在他还未出巢的时候，
就渴望冲向暴风雨的天空。
在母亲的怀抱里，
他积蓄着力量，孕育着勇气，
急盼着自己的羽翼长成。
终于在今天，
他的臂膀长出了健翎。
对着天空，他欢快地叫着：
"我要冲出这'雅典式'巢笼，
飞向那暴风雨的天空，
我要做一只勇敢的鹰！"

这是一只勇敢的鹰,
从巢笼中冲出去的勇敢的鹰。
他不在城市的上空盘旋,
因为这里的烟尘遮迷他的眼睛。
他也不在平静的湖面上逗留,
因为这样的环境不适合他的天性。

大兴安岭幽深的森林,
锁不住他的翅膀,
他搏击在充满狂风暴雨的茫茫草原的上空。
他不畏风吹石头走的瀚海阑干,
也不惧祁连山上的暴风。
在险恶的环境中,
他寻求着爱的情愫,
爱的芳踪。

这是一只勇敢的鹰,
听吧,
风雨伴奏下的鹰之歌响彻长空!

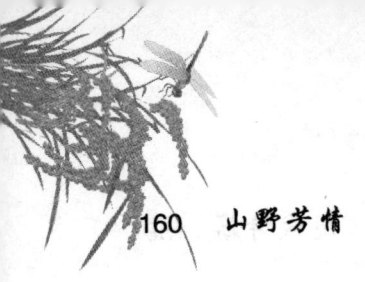

长春南湖游歌

花的长廊，

绿的屏风，

微风鼓荡着湖面。

涟漪挽着涟漪，

柳浪戏着柳浪。

碧绿色的湖上，

飘散着划船人的谈笑声。

天上湖景，

湖上天影。

跨过银河鹊桥路，

走上凌空的琼阁凉亭。

照几张留作未来回忆的照片，

蹒跚地踏上归途，

却留下了依恋的深情。

野　餐

对着烟波浩渺的渤海，
倚着青龙伏卧的台子山。
惬意地坐在礁石上，
任海水荡濯着脚面。
馒头蘸着清风，
却是蜜一样的香甜。

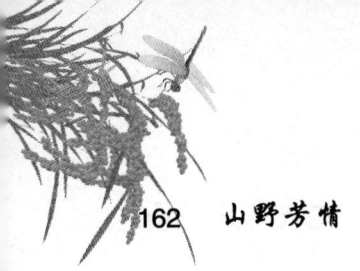

春

春风浮荡地方苏,
春草吐芽春欲浓。
春花争艳千芳秀,
春树绿枝鸟歌鸣。
春雨过后碧野净,
春水漫流淙淙声。
春燕双来寻故垒,
春山重重翠叠成。

雪

蓝天是一面澄澈的明镜，
世界借它照出自己的容貌。
只有一个世界最为奇观，
这就是银装素裹的北国雪景。

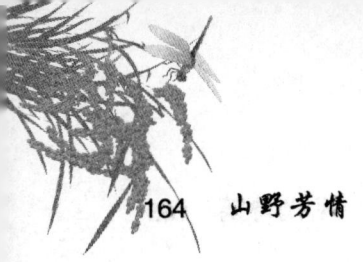

惊梦初醒

蓝天飘浮着白云,白云擦试着远山。

远山偎依着大海,大海托起孤帆。

孤帆舟中一人,在无边的海上泛船。

海天相连路不见,何处有岸,何处有人烟?

海水荡起涟漪,水天一色的蓝。

日丽风和心中闲,人间无忧无怨。

且慢谈,休说闲,狂风扑来巨浪掀。

孤舟摇摆,才知世路难。

玫瑰的幻想如泡影,孤舟再渡虎山关。

海天茫茫无涯路,无涯也要登岸,

白云飘飘浮我起,飞到洞天福地真乐园。

致家乡的一位朋友

虽然年龄上你是中年，
我是青年，
然而，我们却好像一对天真的小朋友，
亲密无间。
作为一位农民，
你和中国的八亿农民一样，
勤劳朴实，
同样有着智慧的双手，
耕耘着家乡的垄田。
身在千里之外的我，
烦闷时常把你思念。
故乡的朋友啊，
我多么想和你一起倾谈。

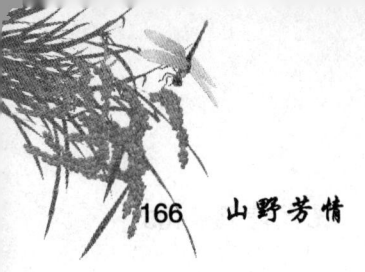

对着一壶浊酒，
或是翻着名著史篇。
我不得不惊叹你知识的广博，
就像胸中装着历史的泉源。

这是一个柔和的夜晚

这是一个柔和的夜晚，
我漫步在路灯照耀下的迷蒙的校园。
地上覆盖着白絮似的雪，
园林中洁净的小路，
就像一条绦带，
伸向很远很远。
今晚没有月色，
只有雪光和路灯，
大胆地描绘着我的脸。
在那松树的枝头上，
挂着白雪一串串，
毛茸茸的枝条组成白色的篷伞。
一阵清风吹来，
雪片沙沙地从树上坠落，
我好像听到了一首悦耳的歌——

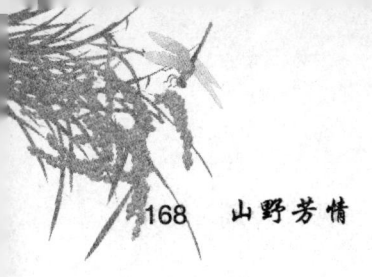

风儿轻轻地吹进了校园。
这歌声多么耳熟,
只是这时不是春天。

没有花的芬芳,
没有蜜的香甜,
歌声也离我那么遥远。
踏着碎琼似的雪,
我想了很多很远。
逝去的不会再来,
未逝去的也不过有着早和晚。
但无私地悄然逝去,
却是着实地值得称赞。

盛开的玫瑰

在我的心中有一朵盛开的玫瑰,
无论何时何地,
它都开放得那么高雅美丽。
我对你的感情,
是那如醉如痴的润雨,
而你对我的情谊,
是那春天奔腾不息的江水。

在这样的一个早晨里

这是一个微雨迷蒙的早晨,
我在路上慢慢地行走。
无意间想起那童话般迷人的往事,
也不止一次出现在这样的晨光里。
想起那些朴实的带着微笑的分别,
还有那些未被遗忘的脸庞。
耳边响起那些热情而狂妄的话语,
只是如今不知出自哪位朋友的口里。
还想起了那亲切而遥远的故乡,
我好像又看到了,
那宁静草原上的绚丽霞光。
我默默地思念,
我心中的故乡。
总有一份永远割舍不了的情谊,
在我的心头荡漾。

深蓝色的湖边

深蓝色的红山湖波光潋滟，
我们在湖边无羁地交谈。
古今上下，海阔天空，
好像整个世界都在我们的胸中。
我说——
我要驾清风揽日月，
振羽翼踏长空。
迎狂风搏巨浪，
探深海擒蛟龙。
而你却说——
如今你失却羽翼，
失却清风。

勘探队员

染一身霞光的清辉，
头倚戈壁、驼峰。
摘天边彩云几朵，
描绘炽热斑斓的色调。
拾脚下沙洲金色，
勾勒执着追求的线条。
入夜篝火几点，
燃烧心中希望的田畴。
琴声伴奏歌声数曲，
胸中流淌爱的溪流。
勘探队员的青春啊，
如同沙漠里闪光的砂金。

田野秋歌

太阳抚以大地金色的光芒,
大地的田野泛着欢腾的浪。
镰的浆,
划破金的浪。
滴滴汗水,
洒落珍珠行行。
秋风飒飒,
镰刀唰唰,
合奏出一曲五谷飘香的歌。
满载希望的三轮车,
奔驰于色彩斑斓的路上。
驾车的庄稼汉子,
今天也神采飞扬。

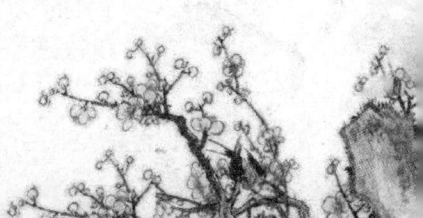

一位健壮的小伙,
酣卧金色的田野。
袒着胸,裸着臂,
脊背紧紧地偎着大地。
这片刻的酣睡哟,
也在汲取着大地的力量。
或许他正做着一个梦,
驾驶着田野追赶太阳。

月 怒

乌云飘来，
月亮羞怯地躲进云里。
任乌云像无遮拦的幕，
肆意欢狂。
嫦娥的裙钗，
也任狂风随意撕摆。
赶走这大地黑暗的，
只有太阳的光芒。
难怪人们说——
月光只是太阳的返照，
没有太阳，
哪有你这月的明亮？

我们迈着夸父的脚步

阿波罗驾着黄金的太阳车,
在宇宙中飞旋飞旋。
每天匆匆地从地球的那边,
返回地球的这边。
啊,阿波罗!
地球上的我们,
每天都在与你竞相追赶。
迈着夸父的脚步,
踏着涛,拍着浪,
去跨那没有跨过的险壑,
去迎那没有到达的彼岸。

举起神农氏的手,
擎着天，揽着月,
去扯那太阳车的华盖,
为身后的脚步镶金铺彩。
这就是我们,
迈着夸父的脚步,
每天追着阿波罗的太阳车,
飞旋飞旋。

如今,
又匆匆地跨越了三百六十五天。
身后的脚步尽管经历了血染的路,
大地也流过沉痛的泪。
然而,
跨过来的脚步,
练就得更加结实稳健。

过去的岁月，
该枯萎的让它枯萎；
新的岁月，
该萌生的让它萌生。
用我们的热血谱写的歌，
去荡涤每一个角落里的虚伪自私，污垢阴霾。
让新的岁月比过去的更加辉煌，更加多彩。
阿波罗驾着黄金的太阳车，
在宇宙中飞旋飞旋。
夸父的脚步，
又跨进了一个新的起点。

十月之歌

大地失去了雨雾的梦憩,
草原和森林的闹剧也接近尾声。
群星争耀,碧空如洗。
金色的田野洋溢着旺盛的秋意。
让我们把酒杯斟满,
为这十月的收获季节——
干杯!

春夏的劳作,
只为秋天的收获。
曾经跋山涉水,
敲击无数的岩石,
只为给这十月的歌,
填出最美的词。

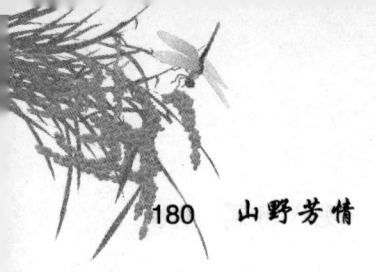

也曾挥洒斑斓大笔,
用无数的线条勾勒着大地。
只为给这十月的歌,
谱出最动听的曲。
江河涌荡,清泉奔流,

啊,这十月的歌沁人心脾!
让我们把酒杯斟满,
为这十月的歌——
干杯!

草原·男人·女人

当百灵鸟唱亮了曙色，
牧鞭甩出了朝霞，
勤劳的草原女人，
已煮沸了生活的甘醇。
草原的清晨，
属于草原的女人。

夕阳在牧归的歌中隐去，
黄昏在马头琴的声中来临。
牧归的草原汉子，
在晚餐的豪饮中大醉。
草原的夜晚，
属于草原的男人。

挺拔的罕乌拉山，
是草原男人沉稳的气质。
广袤坦荡的草原，
是草原女人博大的胸襟。
这就是草原的男人和女人。

写给女儿的诗

带着草野的芳香,
踏入离家半载的家门。
妈妈高兴地抱起你,
问你我是谁。
你怔怔地看着我,
似曾相识,又觉得陌生,
转过小脸,扑入妈妈的怀中。
也许在你的记忆里,
又映现出我,
回过头,歪着小脸,
端详了我足有一分钟。
终于张开小嘴,
叫我一声"大大"。

这一声"大大"叫得我的心呀，
好疼，好疼！
女儿的身上流淌着我的血液，
却把你的爸爸，
认作他的胞兄！

又怎能怪年幼的你呀，
从出生到今天，
爸爸曾抱过你几次，
喂过你几回？
爸爸的青春付给了山野，
付给了人迹罕至的山林。
地质队儿女的爸爸呀，
只是徒有其名。

1988年8月2日作于长春地院鸽子楼教室

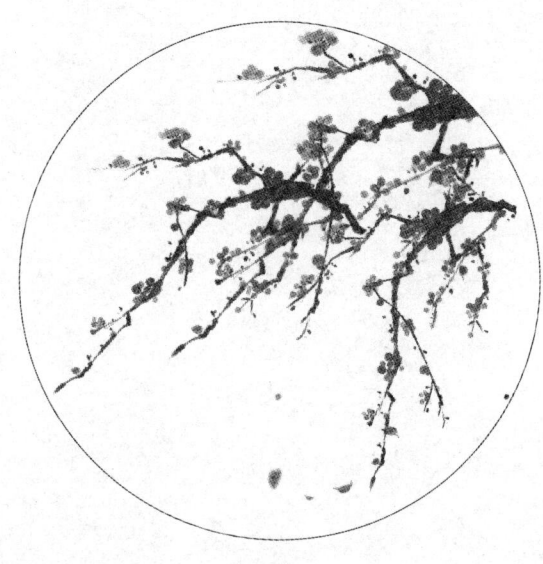

散文篇

燕雀大战

春来也，燕子亦来。一双家燕徘徊数日，终选定于办公楼廊檐下筑巢。半月余，巢乃成。又月余，偶闻巢内叽叽，登梯而望，已育幼崽焉。

冬将近，天渐寒。忽一日，数百楼燕聚于办公楼上空盘旋。饭余，携子南归而去。

大雪至，天愈冷。一对麻雀避严寒搬家居于燕巢。

翌年，春暖花开，故燕南来。寻故巢，见被雀占，即夺之。双方激战数日，雀心虚体弱而不敌，败之。

燕夫妇为生儿育女，旦夕忙碌，而雀夫妇亦常来叽喳骚扰之。月余，幼燕孵出，乃四只。燕夫妇尽心养之。

一日，天方明。忽闻楼外噪声一片，遂出门观之，见数十只雀与燕夫妇恶战矣！原来，被逐雀夫妇网罗狐朋狗友，前来复仇矣。数十只雀分三二一组轮回上阵，车轮大战燕夫妇。但见厮杀声中，毛羽纷飞，战斗场面亦惊心动魄也。混战中恶雀夫妇趁火打劫，抢入巢中，叼出幼燕飞向空中狠摔于地，四幼子顷刻间毕命矣。燕夫妇见之，无心恋战，哀鸣而去。麻雀占巢，与助战者叽喳一片，昂首翘尾，似庆胜利之意。

呜呼！世有恶人，欺男霸女，强抢民宅，杀人如麻。今事观之，恶雀虽一小鸟，其恶亦胜恶人哉！

此乃真实目睹之故事，据实而记之。

后续：公司有老朱者，平生爱管世间不平之事，见麻雀如此嚣张，怒毁其巢。如今，其巢不存也。

作于2015年10月

雕 鸮

矿山驻地有一北山，杏林环绕，人少至。山前有一冲沟，深数十米，两壁黄土，生长山榆，静幽焉。

春风暖，杏花开。一对雕鸮夫妇筑巢于沟壁，产卵孵蛋欲生儿育女。

矿山新来一黄姓者，乃公司矿长也，发虽白而精力盛，每日旦夕均登北山以消其余力。

忽一日，酒酣兴起，独一人顺冲沟而上。行至沟头，日将暮，两壁森森然，心亦惧而气喘咻咻，脚步亦踉跄嗒嗒，欲返。

忽有一大鸟从沟壁惊飞，翼展近五尺。黄矿酒壮英雄胆，豪气突倍增，遂攀缘而上穷究竟。及至，见一大鸟巢，巢极陋，仅用少量树枝围成，巢内有蛋三枚，其一枚幼鸟方出壳。黄大喜，如发现大矿也，遂急返矿部，当众宣布其发现大鹰也。

翌日晨，带部下往观之，又见一蛋幼鸟已出壳矣。

于是乎，黄矿隔数日即观之。又数日，末枚蛋亦孵出幼鸟。至此，三枚蛋皆成功孵化也。两大鸟亦辛劳，幼鸟长势极速，十数日，体重已达一二斤矣。

一日晨，黄矿慌慌从山上归，大呼不好。众惊问何事，曰：惨也！惨也！昨夜不知何物进攻鹰巢，一大鸟死，二小鸟亡也。

众人遂随黄矿上山察之。及至，但见毛羽遍地，一片狼藉，大小鸟尸体均残缺不全。众人绕巢百米细察之，见巢北侧约三十米处有一洞穴，有新鲜足印出没之，结合现场所见之毛发，断定凶手为狐。

推断昨夜狐趁大鸟出外猎食之际，偷食小鸟，正赶上一大鸟回，双方发生激战，一大鸟不敌战死，二小鸟亦惨死，悲哉！

数日后，余回矿山，闻众人相告大鸟之故事，亦唏嘘然。

翌日，余晨起至现场，见一大鸟俯首低飞而过，毫无声响，后立于山坡岩石上，耳长簇羽，竖立长约数厘米。余知之，然则大鸟实为雕鸮也。

呜呼！人类活动范围愈之广，生态环境破坏愈之重，人活之尚不易，野生动物活之亦不易也！

刘老剑客有诗为证：逍遥自在住北山，望断红尘十几年。黄矿不来闲看蛋，何人能败我家园？

作于2016年5月9日

狼

兴安岭北产砂金焉,方圆数百里无人烟。昔日,余于西口子、狼狈河一带找矿,设帐于阿里亚山南。

一日晨,驱车莫尔道嘎。行至达拉河,路为劈山而建,西为谷,东为崖。正值旭日初升,林梢霞光艳艳,涧底雾气蒙蒙,景色美哉!

忽前方数十米,谷底窜出两狼至路上,体壮硕,色灰黑,欲过路东向行。见车亦惊,遂攀崖奋力而上。余停车,下而观之。俄顷,一狼至坡顶,一狼方坡半。余细观之,慢者原为残狼也,其右爪已缺失,故慢矣。

余好奇,捡石击之,令其快上。坡顶狼见之,遂下行啣其颈上拽以助之。余一石正中面门。遂松口,残狼失稳而速下滚,顷刻正撞吾腿。余大骇,急上车,方关门,另一狼似从天而降,咣当一声撞于车左后门。余惊恐万分，司机呆若木鸡，急命司机快速逃之。车行数里，心亦怦怦然。

呜呼！人言困兽犹斗，然也。

作于2016年6月1日

野　宿

大兴安岭南坡乌力吉沐沦河上游，新浩特嘎查东北方向有一座形态呈扁球形的山，名为哈布特，山虽不高，但山顶上有铜矿脉。

昔年，我与地质队的小梁和司机老张组成小分队前去探矿，目的是开掘平硐验证矿脉深部情况。记得出队那天正好是五一劳动节，分队不仅给配备了一辆北京吉普车，还临时外雇了一辆东风货车，车上装有空压机、风水管路、手推车、床、帐篷、炊具、粮食等。

我们早晨六点出发，到中午过了哈布其拉嘎查后，又向东北方向沿河谷边行进。此时正值反浆季节，道路难行，车在中途陷了几次。幸好路边不缺石头和树木，每次陷车都得以借助它们而脱困。晚上七点左右，终于到达野外目的地。

日将落，晚霞艳。正值杏树开花时节，漫山遍野，一片粉白，微风吹过，花香阵阵，香风透骨。大家精神为之一振，浑身疲劳被香风一扫而光，马上分头选择安营扎帐之地。最终选在哈布特山南坡的一块杏林环绕的开阔空地上，向南五十米左右有一条小溪，小溪边簇簇马兰花盛开，楚楚动人，小溪流水泠泠，清澈见底，可作为生活用水水源。我们三个人马上卸车搭帐，但由于人少，进度缓慢。

天将暮，正在犯愁，忽然听到林外有摩托车的响声。顷刻间，三辆摩托车穿过林子来到眼前，骑车的是三个健壮的小伙，他们问我们从哪里来，来做什么。我说我们是地质队的，来给国家找矿。三个小伙听后，态度非常热情，马上下车帮我们卸车搭帐。一切安顿好后，方才埋锅做饭。闲下来后方问三个小伙姓名，家住何处。始知来的是亲哥儿仨，住在新玛尼吐嘎查，距此地十多里地。大者在家中位居老二，名昭日格图，二十五岁；老三名为胡日查，二十三岁；老四名呼格其呼，二十岁。老二、老三已成家单独居住，老四未成家，与两位老人住在一起。他们从山的东边玛尼吐嘎查搬来多年，其所住的嘎查就他们三户人家。

暮色降临，饭已熟，菜已上桌。我邀请哥儿仨一同喝点儿，他们欣然同意，说这里人烟稀少，很是寂寞，看见我们来非常高兴。饭菜虽简单，但大伙儿情绪高涨，闻着杏花的香气，听着远方的狼嚎，一直喝到午夜后方散。临走时，老二回头说道："这里夜晚有狼，不要怕，它是我们的朋友。"说完，哥儿仨骑上摩托车扬长而去。

此时，大伙方觉身疲力竭，困意来袭。我与小梁、老张倒床便睡，而货车司机李师傅却燃烛呆坐在床上，双眼发直，好像有心事。

我睡得正酣，忽然被货车师傅老李叫醒，他双眼恐惧地说外面有狼在嚎，吓死人了！我叫醒小梁、老张，拿上铁锹、手电，出帐查看。

帐外北山坡上百米左右有绿光闪闪移动，确是狼群，查数绿点，确定有五只狼在盯着我们。

我返回帐篷对李师傅说："没事，狼，我们地质队见得多了，它们不会主动伤人。况且这里野猪、野鹿成群，狼不缺食物，安心睡觉吧。"说完，三个人倒头接着睡。

天刚亮，李师傅又把我叫醒，说他一夜未敢睡，后半夜狼群围着帐篷转，不仅听到河边有动物们的打斗声，还听到了鹿的哀叫。这一夜过得心惊胆战，早知道这样，给多少钱也不会来。李师傅早饭也没吃，就忙叫我们送他下山。

送走李师傅后，我到河边取水洗脸，但见河边一片狼籍，不远处横躺着一只马鹿的尸体，应该是昨夜被狼捕杀，吃得只剩头和四肢，方信李师傅说的是实话。

此时，我才恍然大悟：昨夜狼群围着帐篷转，目的是不让人出来，因为怕人惊扰到来河边喝水的马鹿，坏了它们设下的猎鹿圈套。它们的目标是鹿，非人也。

呜呼！世人都说狼狡猾无比，今事观之，然也。

刘老剑客有诗为证：安营扎寨住山前，酒醉花香美梦甜。夜半群狼围宿帐，只为猎鹿把人看。

作于2021年4月29日

陆大侠

陆大侠,名四海,因其生得身高马大,虎背熊腰,为人丈义,胆大豪爽,故人送绰号"陆大侠",非其会武功也。

昔年,陆大侠随分队在大兴安岭北部找矿,工作区属于原始林区,方圆数百里渺无人烟。驻地安营扎寨于八道卡河上游北岸,与额尔古纳市黄金公司八道卡砂金矿部相邻。

一日晨,陆大侠随国家物化探研究所的人员,组成五人工作小组,上山进行汞气测量,工作地点位于驻地北山,距驻地约五公里。汞气测量是寻找金矿的一种新的化探方法,工作原理是按照一定的网度把钢钎打入地下后再拔出,将汞气测量仪插入钢钎留下的眼中,抽取气体,装瓶送实验室测试汞含量,圈定汞异常寻找隐伏的金矿体。

下午三点,天下起小雨,工作组收拾完东西下山回驻地。陆大侠手握钢钎走在前头，一路小跑，一会儿工夫便隐入森林不见了踪影。

下午五点，工作组回到驻地，清点人数后发现只有陆大侠未归。等到晚上六点吃饭时陆大侠依然未归，大伙儿觉得情况不妙，遂向分队长做了汇报。分队长当即组织十余人上山分头寻找，满山吆喝。直到夜暮降临，众人陆续回来，仍没有陆大侠的消息。分队决定第二天天亮后再上山寻找，并求助于黄金公司八道卡砂金矿部领导给予支援。

翌日晨，天刚亮，砂金矿部派来三十多人与分队人员一同上山寻找。大家分三路人马，向东、西、北三个方向呈扇形寻找了整整一天，纵深十公里。傍晚，众人陆续回来，仍没有结果。分队决定第二天至莫尔道嘎求助边防部队协助寻找。

晚饭后，大伙儿无心归帐休息，都站在帐篷外向四周张望，希望有奇迹发生，大侠能够自己平安归来。就在此刻，众人在朦胧的夜色里发现从东南方向八首卡河下游远远走上来一个人，极像陆大侠。大伙儿兴奋地扑上去迎接，果然是陆大侠。双方碰面后，陆大侠把所携一米八的钢钎掷于地，抱住众人号啕大哭。大伙儿搀扶着大侠回到帐篷，放他躺在床上休息。厨师马上做饭，砂金矿部领导端来酒和肉给陆大侠压惊。饭罢，陆大侠情绪稳定后，向大家讲述了事情的原委。

原来，陆大侠下山时，赶上下雨，以为熟悉道路，匆忙中未辨方向，就凭感觉顺着一条鹿道小跑下山，殊不知林区鹿道纵横交错，本应向南走,他却朝北跑去。几小时后发现还未见到八道卡河采金场,才知自己走错了方向。此时细雨绵绵,视线不佳,加之上山忘记带罗盘,东西南北分不清,彻底迷路了,只能慌不择路地继续北上。至天黑已达山顶却浑然不觉,又顺坡而下,听见前方有流水声响,知是河流,心想顺流而下必有人烟,于是跌跌撞撞顺流走了一夜。

天明至一大河边,陆大侠见大河宽数百米,河水湍急,浩浩荡荡。此时正值旭日东升,太阳如同一个硕大的火球从东边的河面冉冉升起,奔腾的河水瞬间被染成红色。

大侠此时才幡然醒悟,自己奔波一夜,南辕北辙,已到达额尔古纳河边,对岸是俄罗斯,这里更是荒无人烟,自己离驻地至少有二十公里。

确定自己所在的位置后,陆大侠心里稍有放松,此时方觉饥肠辘辘。幸好这个季节蘑菇遍地,他随手采了一些能食用的蘑菇充饥。休息了半个时辰,折回来时方向,顺河流逆流而上。中午时分登上一高山山顶,知为分水岭,水流向南即汇入八道卡河。

沿分水岭向东行约两公里至两山鞍部,听到下面有流水声,折向南行,找到河流后顺流而下。正行进间,大侠忽然听到前方密林深处传来"咔嚓!咔嚓!"树木折断的声响,随后钻出一只体型硕大的棕熊,双方相距不到五十米。熊看见对方,也吓得立了起来,身长足有两米以上。凭多年的野外经验,大侠咛嘱自己,千万不能跑,亦不能弯腰。双方对视数分钟后，熊前肢落地，缓缓地向陆大侠靠近，然而距其不到十米时却停了下来。常言道：狭路相逢勇者胜，生死攸关的时刻，陆大侠突感神力倍增，不由自主地挥舞着钢钎，"嗷嗷"大叫着向熊冲去，喊声震天动地，山鸣谷应。原始林区的棕熊从未见过此等凶猛动物，吓得立即掉头钻进了密林深处，不知去向。这时，陆大侠才长出了口气，身体本已被雨水和汗水湿透，此时更是大汗淋漓，身体一软，瘫坐于地。

正所谓：头戴蚊帽大如斗，手舞钢钎震天吼。老熊生未见此物，吓得掉头落荒走。

陆大侠呆坐了半个时辰，方缓过神来，又吃了点儿蘑菇，起身继续向前行进。

日将落，前方地势忽然变得开阔起来。陆大侠走近一看，方知自己已进入八道卡砂金矿采区，只要逆流而上，不远就能走到驻地。此时，方才确定自己捡回了一条命。心情放松后，大侠休息了片刻，起身顺八道卡采区向上游行进。至天黑时才赶到矿部附近，被众人发现扶回了帐篷。

近两天一夜，陆大侠独自一人在人迹罕至的原始林区奔波跋涉了五十多公里，凭借着坚强的意志、强健的体魄和多年的野外生存经验，最终回到了驻地，真不愧为大侠也。

刘老剑客有诗为证：手握钢钎当猎枪，茫茫林海也平蹚。大侠声吼震山岗,吓退棕熊名远扬。

作于2021年5月3日

后 记

我喜欢上古诗词是从初中时开始的，尝试写诗词是在高中阶段，启蒙老师是我的语文老师焦海宽先生。他本人也是一位诗人，在旧体诗和现代诗方面均有较高的造诣。焦老师经常在课余时间教导我们背诗、写诗。从中学时代到现在，我在学习和工作之余断断续续地写了几百首旧体诗和现代诗，同学、同事总戏称我为诗人。虽然自己在国内的一些报纸、杂志上陆续发表过近百首诗词作品，但我的愿望是能够出一本诗集，觉得这样才能向真正的诗人迈近一步。

退休后，终于有了闲暇时间，我把现存的诗稿整理了一下，选了一百多首自认为还可以的旧体诗和现代诗，并根据自己的亲身经历写了几篇记事散文，认真地校对了每篇稿件，集成了这本作品集。内容包括古体诗词、现代诗、散文三部分。因为素材大多源于内蒙古大兴安岭地区的自然景观、人文景观、风土人情和自己的野外工作经历，所以我给诗集取名为《山野芳情》。

写诗词要以诗词格律为准绳，讲究韵律和平仄，但也不能拘泥于平仄，古人作诗也是如此。这本作品集中的绝句、律诗，在用韵方面除了部分遵守平水韵，大部分诗词是按照现任中华诗词学会副会长赵京战先生编著的《中华新韵》（普通话韵）来定稿的。个别诗句为了不改变原诗的内容，没有遵循格律中的平仄，如"雅鲁藏布好风光，高江急峡雾中藏""笑我少年乡情溢，天高海阔却思家"等。

诗为触景生情，有感而发。作为一名地质工作者，近四十年来，我常年奔波于野外，足迹踏遍大兴安岭的山山水水。登山作诗，可以说是我的一种乐趣。"探壑常开路，登峰总作诗"，面对林海松涛、千山竞秀、万壑争流的美景，面对天高地阔、一望无际、百花争奇斗艳的草原，我只能用诗歌来赞美祖国的大好河山，用诗歌来抒发自己心中的情怀。"诗人顿觉胸怀阔，笑看青山数九重""平生最爱登极顶，无限风光滚滚来""水秀花香人意好，青山与我共娇娆"……这些诗句就是我发自内心的、对大自然的赞叹！

诗词创作只是我的一种业余爱好，我深知艺无止境，自己的水平有限，还需要不断地学习，丰富自己的语言词汇，提高驾驭语言的能力，努力写出更好的作品以飨大家。

这本作品集在出版过程中得到了任向明先生、田彬先生、王文伯先生的鼎力支持和帮助，在此一并致谢！

刘书金
2021年5月22日